Para Olga Lucía

con afecto.

Ojalá te guste.

Alvaro Angse
Miami, FEB 2X/21

Memorias del planeta azul contadas desde la Luna

Memorias del planeta azul contadas desde la Luna

Alvaro Angée

© Alvaro Angée, 2020
memoriasdelplanetaazul@gmail.com
http://www.memoriasdelplanetaazul.com

ISBN: 978-0-578-82098-9

Diseño de cubierta: Sarah Angée
Fotografía: © Andrzej Wojcicki/Science Photo Library
Corrección de textos y diagramación: neslymbello • Servicios editoriales

Impreso por Blue Planet Publications

Para Pili, Diego, Isabelle,
Benjamín, Gabriel y Sarah

Tabla de contenido

Introducción 13
1 Albert 15
2 Primera bocanada de aire 16
3 Nace Maja 17
4 La figura luminosa del Nazareno 19
5 Clases de música 20
6 Lento mental 22
7 Maja se accidenta 24
8 Apetito insaciable de conocimiento 28
9 Amadeus 29
10 Abandono el gimnasio 31
11 Oficialmente apátrida 32
12 Mi intención es estudiar Física 34
13 Maja va a Aarau 35
14 Profesor de Matemáticas y Física 36
15 Empleado de la Oficina Federal de Patentes suiza 37
16 La Academia Olimpia y mis veladas con Lina 38
17 Me caso con Mileva 39
18 Nace Hans Albert 41
19 *Annus mirabilis* 43
20 Triple tragedia 45
21 Regresan las depresiones de Mileva 46
22 Nace Eduard 47
23 ¡Vamos a Praga! 48
24 Mis encuentros con Kafka 49
25 Reencuentro con Elsa 51
26 Primera Guerra Mundial 57
27 Manifiesto a los europeos 60
28 Teoría de la relatividad general 62
29 Elsa viene a cuidarme 64
30 Jesús 65
31 ¡Al diablo con los calcetines! 67
32 Los Estados Unidos entran en la guerra 69
33 Eduard en un sanatorio mental 70
34 Fin de la guerra 71
35 Mileva firma el divorcio 72
36 Un eclipse confirma la teoría de la relatividad general 73
37 Nace la República de Weimar 74
38 Último adiós a mi madre 76

39 Vengo de otro planeta 78
40 Moisés.. 85
41 La misión continúa.. 91
42 Comienza el ascenso de Hitler.................................... 95
43 Primer viaje a los Estados Unidos.............................. 96
44 Obligado a ocultarme 99
45 Premio Nobel de Física... 101
46 Recogiendo el Nobel 104
47 Manifiesto contra el servicio militar obligatorio 105
48 Cena con Sigmund Freud 107
49 La mecánica cuántica... 110
50 Teoría del campo unificado... 111
51 Entrevista a Helen Dukas.. 112
52 La depresión de Eduard... 113
53 Segundo viaje a los Estados Unidos........................... 114
54 Cien autores contra Einstein....................................... 115
55 Aroma de violetas silvestres 116
56 El partido nazi domina 117
57 Visita a Eduard 118
58 ¿Es esto una inquisición? 120
59 Hitler es designado canciller 124
60 De regreso a Europa... 125
61 Refugio en los Estados Unidos.................................... 127
62 Visita al presidente Franklin D. Roosevelt................. 130
63 Se nos va Ilse.. 135
64 112 de la calle Mercer 136
65 La partida de Elsa... 138
66 El racismo en los Estados Unidos............................... 139
67 ¡Que vengan los gigantes! 141
68 Hans Albert en los Estados Unidos............................. 143
69 Llega Maja 144
70 La carta a Roosevelt 145
71 Miguel... 149
72 Respuesta a Leó Szilárd... 151
73 Ciudadanía estadounidense 153
74 Me visitan agentes del FBI.. 154
75 Más noticias sobre la guerra.. 155
76 El Departamento de Estado obstaculiza la inmigración.... 156
77 Ataque a Pearl Harbor 158
78 Nace el proyecto Manhattan.. 159
79 Los aliados desembarcan en Normandía...................... 161
80 Segunda carta a Roosevelt... 162
81 Alemania se rinde 164
82 La bomba atómica 165

83 Me entero de la noticia 166
84 *E = mc²* y las bombas 168
85 El racismo y los linchamientos 170
86 Sigue la lucha 171
87 Visita a la Universidad Lincoln 175
88 Fallece Mileva 177
89 En la mira de J. Edgar Hoover 178
90 Leonardo 183
91 Cena con el embajador polaco 185
92 Dolor abdominal 186
93 La bomba de hidrógeno 187
94 El senador McCarthy y el comunismo 189
95 Mi testamento 191
96 Me despido de Maja 192
97 Einstein, mensajero del Partido Comunista 193
98 Los republicanos toman el control de la Casa Blanca 196
99 El subcomité de investigaciones del Senado 197
100 Presidencia de Israel 201
101 Golpe mortal al macartismo 202
102 Amadeus vs. Joan Sebastian 204
103 Resolviendo mi baúl imaginario 206
104 Abe 208
105 Trabajo terminado 212
106 *Mea culpa* 215
Bibliografía 221
Sobre el autor 227

Introducción

Siempre me llamó bastante la atención lo que sucede con una persona cuando muere: ¿en verdad ha llegado a su fin?

Pienso con mucha frecuencia que si en realidad son ciertas las historias sobre un continuo recomienzo de la aventura de vivir —con un velo de olvido que obstruye el recuerdo de las experiencias pasadas—, deben existir rastros detectables de nuestro paso por los lugares donde solíamos habitar. Si este asunto de las «reencarnaciones» o de la «rueda del samsara» —como lo llama el budismo— resultara ser cierto, habría algunos cabos sueltos por aquí y por allá.

Teniendo esto en cuenta, un día me pregunté si sería posible encontrar un grupo particular de personas que hiciera menos difícil la tarea de localizar estas huellas de un anterior existir. La conclusión a la que llegué, después de muchos días de navegar por internet hasta altas horas de la noche, es que sí se puede y está compuesto por famosos cuyas vidas han sido altamente documentadas.

Analizando datos de algunos de estos personajes, tuve la suerte de hallar uno que me ofrecía grandes posibilidades de acercarme a lo que buscaba: Albert Einstein. Basándome en la aventura continua que fue su vida, escribí esta historia de la cual él es el protagonista, y que puede ser clasificada como una obra de ficción, dependiendo del punto de vista del lector.

1
Albert

Esta mañana, justo al momento de morir —asunto que veo ahora más como una *separación* porque, evidentemente, no estoy muerto—, tuve un pensamiento bastante extraño: «Debo ir a la Luna».

Llegué de forma instantánea, después de rebotar varias veces como una pelota de *ping-pong* entre el planeta y su satélite.

El globo azul se levanta imponente. Tengo la impresión de haberlo visto aparecer y desaparecer frente a mí muchas veces desde este mismo rincón de la geografía lunar, como en una especie de *déjà vu*.

Algo parecido sentí durante mi primera visita a la Casa Blanca, pues nunca había estado allí, pero me parecía haber recorrido todo el lugar con anterioridad. A lo largo de mi vida experimenté muchos sucesos similares, pero mi razonamiento de científico consumado hizo que los ocultara con la esperanza de hallar algún día una explicación, si no científica, al menos sensata para todos ellos.

Permítanme aburrirlos un poco con algunos detalles de esta vida que acaba de terminar en un hospital de la ciudad de Princeton, en el estado de Nueva Jersey.

2
Primera bocanada de aire

1879

Todo pasa muy rápido.

Estoy de cabeza, balanceándome como el péndulo de un viejo reloj de pared. Mis brazos baten el aire con desespero, buscando instintivamente algo fijo a lo que aferrarse. Alguien me sujeta con firmeza de los tobillos mientras mis pulmones atrapan la primera bocanada de aire. Luego suelto un berrido tan impetuoso que el hombre que espera impaciente en la sala contigua empuja con brusquedad la puerta, y de un salto queda en medio del cuarto.

—Es un varón, señor Einstein —le dice el médico a mi padre. Luego me coloca con cuidado en una manta, sobre los brazos de la enfermera.

Es 14 de marzo y estamos en Ulm, ciudad sureña del Imperio alemán de aquel entonces. Mi padre se llama Hermann; es ingeniero eléctrico y comerciante. Mi madre es una pianista virtuosa y su nombre es Pauline Koch. Ambos son de ascendencia judía, pero no religiosos practicantes.

3
Nace Maja

1881

Mi familia lleva un año viviendo en Múnich. Llegamos a esta ciudad durante el verano de 1880. Mi padre termina asociándose con su hermano Jakob y juntos fundan una compañía de artefactos eléctricos.

El 18 de noviembre nace Maja. Aunque su verdadero nombre es Maria, nunca escuché que alguien de la familia la llamara así.

Maja aparece en mi vida de manera repentina. No recuerdo haber tenido expectativas acerca de su arribo. En algún momento pierdo de vista a mi madre y la veo regresar, varios días después, con un pequeño bulto entre sus brazos. Es entonces cuando me doy cuenta de que tengo una hermana.

Me la presentan como un regalo muy especial —y merecido— que debo tratar con cuidado, algo de lo que pronto disfruto y que no encuentro para nada difícil. De hecho, amo a Maja desde el primer instante en el que la veo, y en ello siempre fui correspondido.

Me acostumbro rápidamente a su presencia y es parte fundamental de mi vida a partir de ese momento. Más tarde, nos hacemos inseparables y compartimos todo, en especial nuestro amor por la música, después del feliz advenimiento de Mozart a mi vida. En Maja vibró desde siempre, con toda intensidad, el talento artístico de nuestra madre; de ella parece haber heredado su virtuosismo de exquisita y consumada pianista.

Antes del arribo de Maja, yo no tenía ninguna prisa en aprender a hablar. Esto preocupaba a mis padres, pues escuchaban con frecuencia comentarios de personas allegadas que sugerían que su párvulo sufría de alguna clase de retraso. Para su felicidad, tras la llegada de mi hermana, decido que es hora de dejarles apreciar mi voz.

4
La figura luminosa del Nazareno

1884

Mientras estoy en cama recuperándome de una enfermedad, mi padre me regala una brújula. Aquel pequeño artefacto, con su trémula aguja que señala siempre hacia el
norte a pesar de mis constantes esfuerzos por doblegar
su incesante monotonía, se convierte en el primer misterio que mi asombrada mente infantil trata de resolver.
Esto logra rescatarme de los delirios de la fiebre.

En octubre comienzo mi educación primaria en la escuela Petersschule, bajo la guía de sacerdotes católicos.
La enseñanza religiosa se concentra en el *Catecismo romano* y en algunas partes del Nuevo Testamento. Desde
los primeros días siento una atracción especial por la figura de Jesucristo, cuya estatua, con los brazos extendidos hacia el cielo, parece observarme a toda hora desde
el patio de la escuela.

5
Clases de música

1885

Mi madre considera que ha llegado el momento de introducirme en el mundo de la música, así que me compra un violín y contrata a una maestra. Sin embargo, las clases me resultan tan aburridas que un día tengo una rabieta enorme y le arrojo a la mujer una silla a la cabeza. Ella logra esquivarla con dificultad mientras corre buscando la salida. Nunca más la vuelvo a ver, pero pronto descubro que mi madre está muy lejos de darse por vencida, pues no pasa mucho tiempo antes de que aparezca en nuestra casa otro maestro. Las clases continúan —no sin algo de coacción, por supuesto— y ahora, además, incluyen el piano.

En la escuela se celebra todos los años la Semana Santa. Durante esos días tan importantes se guarda la estatua del patio y, en su lugar, se coloca una cruz inmensa de la que cuelga Jesús. La eterna expresión de dolor que se manifiesta en su rostro junto con su cuerpo maltratado, cubierto de sangre, me causan una profunda inquietud.

Hoy es Viernes Santo. El sacerdote encargado de la clase de Religión ha traído un clavo enorme. Lo levanta frente a todos y, con cierta solemnidad, nos dice:

—Así lucían los clavos con los que sujetaron a Cristo en la cruz.

La vista de aquel extenso y agudo objeto metálico me produce un inesperado malestar. Siento un mareo repentino y cada músculo de mi cuerpo parece contraerse en un espasmo instantáneo.

Por la noche, la fiebre no me permite conciliar el sueño y mi mente se va poblando poco a poco con las imágenes de una antigua crucifixión. Mi madre, percibiendo mi gran agitación en medio de la oscuridad, corre en mi auxilio con compresas de agua fría y una gran dosis de amor. Al amanecer, la fiebre ha cedido, pero mi cuerpo adolorido tarda varios días en recuperarse.

6
Lento mental

1888

Más tarde viene la educación secundaria en el gimnasio Luitpold. El método de estudio imperante, que favorece la memorización —en un desprecio flagrante del ejercicio intelectual de la comprensión—, hace que pronto me convierta en un rebelde. Mi actitud ocasiona un gran disgusto entre los maestros, que rápidamente me califican de «lento mental y soñador antisocial».

Mis padres deciden complementar el *Catecismo romano* con algunas clases particulares que me acerquen un poco a nuestras raíces judías, por lo cual contratan los servicios de un pariente lejano para que me sirva de guía. Con su ayuda, me sumerjo completamente en el estudio de la Biblia y *tengo una conexión instantánea con la Torá*. Muy pronto me siento envuelto en una especie de trance místico e incluso dejo de comer carne de cerdo.

Los libros del Pentateuco me resultan muy familiares, tanto que me la paso recorriéndolos en mi mente y hasta puedo escuchar una voz interna, ajena a mi propio pensamiento, recitándolos conmigo todo el tiempo.

—En el principio, Dios creó los cielos y la tierra —dice aquella voz mientras me adentro una vez más en el Génesis.

Asumo esto como algo normal que tal vez les sucede a todos los estudiosos de la Torá.

La práctica del judaísmo solo me acompaña hasta los doce años —¡no alcanzo a celebrar el bar mitzvá!—. En esta edad, lleno de gozo y con una gran curiosidad, me asomo al mundo de la ciencia. Esta se convierte, a partir de entonces, en mi único objeto de devoción y Dios deviene en algo mucho más simple: esa fuerza que está más allá de lo que podemos comprender.

Decido hacer un rollo —como los del Pentateuco— con mis prácticas religiosas y lo abandono presuroso en algún apartado rincón de mi memoria. Lo mismo hago con aquella extraña voz sobre la que no puedo ejercer ningún control y que ahora se me antoja como una grabación fonográfica que ha estado recitando en mi cabeza los libros de Moisés de forma ininterrumpida.

Este cambio repentino que me ofrece la ciencia me permite cerrar esa puerta de forma definitiva.

7
Maja se accidenta

1890

Es sábado, y los sábados en la mañana Maja y yo vamos al parque. Después del desayuno nos despedimos de nuestra madre —mi padre se encuentra en un viaje de negocios— y recorremos con afán las escasas tres cuadras que nos separan de la diversión.

Pasamos un buen rato dando vueltas en la rueda giratoria hasta que, como de costumbre, el mareo nos obliga a bajarnos. No paramos de reír mientras, abrazados, esperamos a que el mundo que nos rodea se detenga por completo. Después viene la segunda parte de la aventura: los columpios. Maja se sienta en uno de los cuatro que cuelgan del armazón metálico y yo comienzo a impulsarla con pequeños empujones sobre la espalda.

—¡Más fuerte! —me grita jubilosa.

Yo, haciéndole caso, la impulso cada vez con más fuerza hasta que mi último envión le hace dar al columpio una vuelta completa. Mi hermanita no logra mantener sus manos aferradas a las barras laterales y sale volando, da una voltereta en el aire y cae de cara, lejos de allí.

Pasan varios segundos y no sé qué hacer; estoy petrificado por el miedo. Los otros niños dejan de jugar de inmediato y gritan asustados mientras se dirigen hacia ella. Cuando al fin logro moverme, salgo corriendo en dirección a mi casa. La distancia se me hace eterna. Al llegar, golpeo la puerta con tanta fuerza que mi madre no demora en aparecer con una sombra de angustia en su semblante, como si supiera de antemano que algo grave acaba de suceder.

—Es Maja —le digo agitado—. Se cayó del columpio.

Ella no espera una explicación; sale veloz camino al parque. Yo trato de seguirle el paso, pero mi esfuerzo resulta infructuoso. Cuando finalmente la alcanzo, tiene a Maja entre sus brazos y la revisa con cuidado. Mi hermana presenta raspaduras leves en la cara y otras más profundas en las rodillas y las palmas de las manos, partes del cuerpo con las que parece haber amortiguado la caída.

Para nuestra fortuna, su frágil estructura aterrizó sobre un montículo de arena, lo que impidió que el accidente tuviera un desenlace fatal. Aunque mi madre cree que el asunto no va a pasar a mayores, decide llevar a Maja al hospital para que le realicen un chequeo médico completo.

Se aproxima la noche cuando regresamos a casa, fatigados y hambrientos, después de pasar toda la tarde en el hospital esperando los resultados de los exámenes. Por suerte, no hay fracturas; solo magulladuras y raspones en las rodillas y otras partes del cuerpo, y lo más probable es que sanen sin mayor problema.

Terminada la cena, mi madre, agotada por las tensiones imprevistas del día, decide que es hora de irnos a dormir.

Ya en la cama, las imágenes del incidente —que no logro sacar de mi cabeza— se hacen más nítidas, en particular aquellas en las que veo a Maja salir disparada por el aire y estrellarse contra el suelo. Por un segundo, pienso que mi hermana pudo haber muerto ese día y un miedo intenso se apodera nuevamente de mí. Comienzo a sudar. Más tarde entro en un sopor que me sumerge en las profundidades de un mundo desconocido. Se imponen entonces otras imágenes que me generan una inmensa tristeza. Luego comienzo a delirar.

Como en situaciones similares del pasado, mi madre viene a socorrerme. Coloca compresas de agua fría sobre mi frente y mis muñecas en un intento desesperado por combatir la fiebre.

—¡Mi hermana ha muerto! —exclamo inesperadamente, embargado por un gran dolor.

—Albert... —dice ella tratando de captar mi atención—, tu hermana se va a recuperar. Estoy segura de que tu intención no fue hacerle daño.

—¡También murió el bebé! —agrego en medio de mi delirio.

Mi madre enmudece. Acostumbrada a lidiar con esta clase de sucesos —que a pesar de mi corta edad se presentan con cierta frecuencia—, sabe bien que tales sinsentidos son de naturaleza pasajera. Entiende que no son más que el producto de la fiebre y que, posiblemente, al despertar a la mañana siguiente, no voy a recordar nada al respecto. Sin embargo, motivada por la curiosidad, algunas veces me sigue la corriente.

—¿Qué pasó con tu hermana? —me pregunta.

—Murió mientras daba a luz —le respondo—. Aaron no buscó un médico a tiempo.

—¿Aaron?

—Aaron Grigsby, su esposo.

—¿Cómo se llamaba ella?

—Sally.

—¿Sally qué?

—¡Sally Lincoln, por supuesto!

8
Apetito insaciable de conocimiento

1891

En esta época comienzo a sacarles provecho a los libros que me presta Max, un estudiante polaco de Medicina que mis padres invitan a comer con nosotros una vez por semana. Max y yo nos hacemos grandes amigos a pesar de la diferencia notoria en edad. De él viene la invitación a zambullirme, por primera vez, en los tratados de ciencia y filosofía. A los doce años comienzo a devorar, con un insaciable apetito de conocimiento, la extensa obra de Charles Darwin, los numerosos volúmenes sobre ciencias naturales escritos por Aaron Bernstein y la *Crítica de la razón pura*, de Immanuel Kant.

Una colección que me regala Max, los *Elementos de Euclides*, se convierte para mí en algo sagrado, pues con esos libros el matemático griego me dirige con facilidad a través de las complejidades de la geometría y me introduce en el mundo de la lógica.

9
Amadeus

1892

A los trece años descubro la música de Mozart y le agradezco a mi madre su persistencia, el no haberme dejado renunciar, pues encuentro por fin sentido a las interminables clases de violín y de piano que me atormentaron durante tanto tiempo. Aunque domino con soltura los dos instrumentos y hasta he compuesto algunas melodías en el piano de mi madre, prefiero el violín.

Mozart se me presenta en una especie de envoltorio tridimensional: las notas de sus melodías vienen entrelazadas con vivencias y emociones, y sumergirme en ellas es como entrar en otro mundo. Esto lo descubro la primera vez que interpreto en el piano una de sus composiciones. El imponente escenario del Palacio Imperial de Hofburg, en Viena, se abre de repente ante mis ojos, abarrotado de miembros de la nobleza que aplauden hasta enloquecer la actuación de un pequeño genio musical de seis años. Por un instante, siento que soy yo quien recibe aquella ovación.

—¡Albert! ¡Albert! —La voz de mi madre me trae de regreso a nuestra sala mientras las vívidas imágenes de la velada musical en la corte de la emperatriz María Teresa I de Austria comienzan a desvanecerse. Luego me pregunta—: ¿A quién le haces esas reverencias?

—Al público, ¡y a María Antonieta! —le respondo desde los últimos rezagos de aquel inesperado suceso.

—¿De quién hablas, hijo mío?

—De la hija menor de la reina. Una niña de mi edad.

—¿Y qué edad es esa? —pregunta de nuevo mi madre al comprender que he vuelto a entrar en uno de aquellos «laberintos mentales», como ha terminado por llamarlos.

—Pues la edad mía —le repito sin caer todavía en la cuenta de mi incoherencia—. Seis años.

Terminado el concierto, me bajo del taburete con tan mala suerte que al ir hacia el frente del escenario tropiezo y me voy de bruces contra el suelo. María Antonieta, pasando por alto el protocolo, corre y me ayuda a ponerme de pie. Agradecido, le doy un fuerte abrazo y, mientras los presentes siguen aplaudiendo, le digo al oído que un día me voy a casar con ella.

En ocasiones creo que estoy enloqueciendo, pero no puedo negar que esos momentos me llenan de un inmenso regocijo.

También disfruto mucho la música de Bach, a quien siento, de una manera inexplicable, como el gran motor detrás del genio de Mozart. A veces creo que la música de estos dos magníficos compositores fue creada por la misma persona.

10
Abandono el gimnasio

1894

La fábrica familiar se traslada a la ciudad de Pavía, en Italia. Mis padres y Maja viajan primero. Yo permanezco en Múnich, bajo el cuidado de unos familiares, para terminar la escuela secundaria.

No obstante, varias semanas después decido interrumpir mis estudios e ir a encontrarme con mi familia. No oculto el alivio que me causa esta decisión, ya que el gimnasio es de orientación militarista y promueve el servicio militar obligatorio, del que intento escapar a toda costa. Las cosas relacionadas con las guerras, como los uniformes, las armas y la ciega disciplina militar —que impone al soldado obedecer órdenes sin derecho a cuestionarlas, aunque ellas impliquen involucrarse en acciones que atenten contra la vida y la dignidad de personas inocentes—, me han ocasionado una indomable aversión desde mi infancia. Ya desde entonces me sacudían las pesadillas con las imágenes macabras de extensos campos de batalla cubiertos de cadáveres vestidos con uniformes azules y grises.

Al reunirme con mis padres en Italia, los pongo al tanto de mis deseos de ir a estudiar a Suiza. Mientras ellos toman una decisión, yo aprendo por mi propia cuenta cálculo diferencial e integral, materias que me apasionan.

11
Oficialmente apátrida

1895

Toda la familia me acompaña a Suiza durante el otoño. Presento un examen de admisión en el Instituto Politécnico Federal de Zúrich, pero soy rechazado por sacar una nota baja en literatura. Sin embargo, mis resultados en ciencias impresionan al director, quien me aconseja terminar el bachillerato, ya que con el título podré entrar al instituto de forma directa.

Mis padres hacen los arreglos necesarios y a finales de octubre me envían a Aarau, ciudad al occidente de Zúrich, para terminar mi educación secundaria. Me instalo en casa de los Winteler gracias a la ayuda de Gustav Maier, un amigo en común de las dos familias.

Jost Winteler es maestro de Griego e Historia, y director de la escuela Cantonal, a la que me integro dos días después de mi llegada. Él y su esposa Pauline —me agrada que tenga el mismo nombre de mi madre— tienen siete hijos y una casa inmensa en la que ahora tengo mi propio cuarto. Muy pronto me siento parte de este activo y bullicioso clan.

El miedo secreto que albergo en mi interior respecto a que mi nueva escuela tenga un sistema de enseñanza similar al del gimnasio Luitpold, basado en la memorización y con una disciplina autoritaria, no tarda en disiparse. En su lugar, encuentro un entorno de acción libre y responsabilidad personal, en el que se alienta el pensamiento autónomo y donde cada alumno es tratado con el debido respeto. Por primera vez me siento liberado de la opresión social, y de esta nueva sensación surgen importantes experimentos mentales. Uno es aquel en el que me veo a mí mismo persiguiendo un rayo luminoso a la velocidad de la luz, razonamiento que sentaría las bases para el desarrollo posterior de la teoría de la relatividad especial.

De mi año de estadía en esta hermosa y tranquila ciudad me quedan bellos recuerdos, entre ellos el de un fugaz romance con la cuarta hija de Jost y Pauline, Marie Winteler, maestra de escuela y pianista, dos años mayor que yo.

Acosado por un temor continuo de que el Gobierno alemán me imponga su tiránica ley imperial de reclutamiento militar obligatorio, aprovecho mi estancia en Suiza para renunciar a mi ciudadanía alemana —con la autorización de mis padres, debido a que aún soy menor de edad—, lo que oficialmente me convierte en un apátrida. En ese momento, con gran orgullo, me considero a mí mismo un «ciudadano del mundo».

12
Mi intención es estudiar Física

1896

Tengo diecisiete años cuando ingreso al Instituto Politécnico. Me matriculo en la carrera de Matemáticas y Ciencias, pues mi intención es estudiar Física.

Ese mismo año conozco a la que será mi primera esposa y futura madre de mis hijos: una chica serbia, estudiante de Matemáticas, llamada Mileva Marić. Es la única mujer de la clase y me enamoro perdidamente de ella, tanto que termino proponiéndole matrimonio. No obstante, el asunto debe esperar porque choca con la firme oposición de mis padres.

La situación de la empresa familiar en Pavía se deteriora a tal punto que mi padre y mi tío Jakob se ven obligados a disolver su sociedad. Gracias a la ayuda financiera de otros parientes, mi padre funda en Milán una nueva compañía de ingeniería eléctrica que comienza a marchar con muy buenos augurios. Sin embargo, el gran nerviosismo que le causan los asuntos relacionados con el dinero comienza a hacer mella en su salud rápidamente.

13
Maja va a Aarau

1899

Después de terminar sus estudios en la Escuela Alemana de Milán, Maja viaja a Aarau. Nuestros padres la envían a casa de los Winteler para que atienda a un taller de maestros en esa ciudad.

Al igual que a mí tres años antes, a Maja la impacta gratamente este alegre y extrovertido grupo familiar, y termina enamorándose de Paul, el benjamín de la familia.

14
Profesor de Matemáticas y Física

1900

En julio termino mi carrera en el politécnico y me gradúo como profesor de Matemáticas y Física. Varios de mis compañeros —como es costumbre— reciben ofertas de trabajo de parte del instituto. Siendo el estudiante más aventajado de ese grupo de recién graduados, me pregunto por qué mi nombre no ha sido incluido en la lista. Al parecer, la decisión está relacionada con ciertas libertades que me tomé durante los últimos años al criticar abiertamente las propuestas científicas de algunos de mis maestros.

Varios meses después me radico en la ciudad de Berna, donde me veo obligado a dar clases privadas de Matemáticas y Física para procurarme el sustento. Así conozco a Maurice Solovine, un estudiante rumano de Filosofía que responde a mi anuncio en uno de los periódicos locales. Aunque nunca llegamos a un acuerdo acerca de las lecciones, terminamos siendo grandes amigos y nos reunimos con frecuencia para discutir sobre física y filosofía, disciplinas que nos resultan de mutuo interés. Al poco tiempo se nos une Conrad Habicht, un estudiante de Matemáticas de origen suizo.

15
Empleado de la Oficina Federal de Patentes suiza

1901

En este año adquiero, con gran alegría, la ciudadanía suiza, que conservo por el resto de mi vida. También consigo empleo como inspector subalterno en la Oficina Federal de Patentes suiza, en Berna. Trabajo ocho horas diarias, seis días a la semana, inspeccionando diversos inventos tecnológicos y elaborando los informes correspondientes para la aprobación de sus patentes.

Pasados unos meses, cuando aprendo los pormenores del trabajo, me toma menos tiempo ejecutar las actividades relacionadas con el mismo. Esto me deja todos los días algunas horas libres que puedo dedicar al desarrollo de mis propias ideas científicas.

Mis encuentros con Conrad y Maurice se hacen cada vez frecuentes. Poco después, y más como una broma, decidimos ponerle nombre a nuestra sociedad que, además de tratar temas científicos, se adentra con fuerza en el área cultural. La llamamos la Academia Olimpia. Yo cumplo el papel de presidente mientras que mis dos amigos fungen como miembros principales. Ocasionalmente se nos unen algunos invitados.

16
La Academia Olimpia y mis veladas con Lina

1902

Las reuniones de la Academia Olimpia siguen su curso. Entre los invitados que nos visitan, el más asiduo es Michele Besso, un ingeniero nacido en Italia que trabaja conmigo en la oficina de patentes. Las veladas son a veces amenizadas por Lina —como suelo llamar a mi violín— y, claro está, por la música de Mozart y una que otra sonata de Bach. Allí se discuten, muchas veces de forma acalorada, trabajos científicos propios y ajenos. También escogemos libros para llevar a casa y comentarlos en reuniones posteriores, o nos turnamos para leer en voz alta la obra de algún autor reconocido. Un día le toca el turno a *Don Quijote de la Mancha*. La novela de Miguel de Cervantes me impresiona profundamente desde que comienzo a leerla; es como un flechazo de amor desde el primer encuentro. Me divierte advertir que mi propia vida tiene mucho de quijotesca, pues llego a identificar en ella muchas situaciones parecidas a las del famoso hidalgo manchego.

Mi padre fallece el 10 de octubre en Milán debido a una insuficiencia cardiaca. Su partida me deja deshecho.

17
Me caso con Mileva

1903

Después de varios años de mantener una estrecha relación sentimental, de nuevo le propongo matrimonio a Mileva. Nos casamos el 6 de enero en la ciudad de Berna, con Maurice Solovine y Conrad Habicht como testigos. Por motivos relacionados con mi trabajo, no podemos salir de luna de miel. Después de una comida de celebración en un restaurante local, iniciamos, optimistas, una nueva etapa como pareja en nuestra recién adquirida casa. Me considero un hombre afortunado. Mileva es una mujer independiente y fuerte como lo soy yo. Es mi complemento perfecto como científica y como música. Ella en el piano —del cual es una excelente intérprete— y yo con mi violín amenizamos con frecuencia las veladas de la academia.

Mi trabajo en la oficina de patentes —ese *remanso de tranquilidad*, como jocosamente lo llamo— tiene muy poco de aburrido. Por mis manos pasan los planos de muchos inventos y sumergirme en ellos amplía aún más las fronteras de mi ya de por sí inquieta imaginación (siempre he creído que esta es más importante que el conocimiento, pues el conocimiento tiene límites).

Varios meses después de la muerte de mi padre, mi madre decide irse a vivir a Hechingen con su hermana

Fanny. Elsa, hija de Fanny y Rudolf Einstein —primo de mi padre—, reside con su esposo y sus dos hijas en la misma ciudad.

Conocí a Elsa hace nueve años, cuando fue a Múnich de visita con sus padres. Yo estaba en plena adolescencia y la despreocupada jovencita, que ya se asomaba a la adultez, despertó en mí un abanico de sensaciones hasta entonces desconocidas. Aún me perturba el recuerdo de aquellos días.

18
Nace Hans Albert

1904

El 14 de mayo nace Hans Albert. El suceso altera la dinámica familiar, que consiste, en su mayor parte, en ejercer nuestro trabajo como científicos. Este pequeño, rebosante de una recién estrenada vitalidad, inunda nuestras vidas de un sentimiento de dicha que disfrutamos al máximo. Mileva ocupa sus días brindándole sus cuidados, haciéndolo el recipiente de su amor incondicional de madre. Esto la ayuda a superar una recurrente depresión que la afectó en particular durante los últimos meses de su embarazo. Yo relaciono esta enfermedad con nuestra hija Lieserl, que nació dos años antes en Serbia. Mi estúpido egoísmo y una indomable cobardía, surgida al enterarme de aquel embarazo, me hicieron obligarla a mantenerlo en secreto y a entregar a la niña en adopción a una familia en ese país. La llegada de Hans Albert hace resurgir en nosotros el dolor de esa herida y, a la vez, cataliza el proceso de sanación con la felicidad que nos trae.

Llevo varios años desarrollando con intensidad algunas teorías en el campo de la física, que no ha visto grandes cambios desde la época de Newton. Una curiosidad ilimitada me impulsa a vencer todos los obstáculos que se presentan en mi búsqueda incesante de respuestas.

En ocasiones, a mi regreso del trabajo, paso algunas horas compartiendo con Mileva mis últimos descubrimientos. Ella posee una mente científica brillante. Además, es dueña de una gran destreza en el campo de las matemáticas, lo que me ayuda a economizar tiempo durante el desarrollo de los extensos cómputos que exigen algunas de mis proposiciones. Considero que la vida me ha obsequiado a la colaboradora perfecta.

19
Annus mirabilis

1905

A lo largo de este año, varios de mis trabajos científicos ven la luz al ser publicados en la revista alemana *Annalen der Physik*.

(No voy a extenderme aquí en explicaciones de carácter científico. Mencionaré lo estrictamente necesario para la comprensión posterior de algunos hechos que se convirtieron en hitos de mi carrera como científico y que cambiaron el curso de la historia del planeta en formas para mí hasta entonces impensables).

El primer artículo es una explicación del efecto fotoeléctrico y en él propongo que la luz, que siempre fue considerada como una onda, se comporta además como flujos de partículas concentradas en pequeños paquetes a los que llamé «cuantos de luz». Este descubrimiento impulsó notablemente el campo de la mecánica cuántica.

El segundo artículo explica un fenómeno observado por otros científicos durante mucho tiempo y que permanecía sin solución. Se trata del movimiento browniano y tiene que ver con la actividad aleatoria de partículas en un ambiente fluido, sea este líquido o gaseoso, producido por los choques entre dichas partículas. Hago entrega de una explicación matemática de este fenómeno que puede ser probada de manera experimental y que, de paso, comprueba la existencia del átomo.

El tercer artículo presenta la teoría de la relatividad especial. En él demuestro que, a diferencia de lo que se creía comúnmente, el tiempo y el espacio son variables, y dependen, en una nueva conjunción, de la velocidad.

En el cuarto artículo establezco la relación entre masa y energía, y deduzco la ecuación $E = mc^2$. Esta fórmula implica que todo cuerpo con una masa (m) posee una energía (E) y viceversa, que una energía (E) puede transformarse en un cuerpo con masa (m). La c representa la velocidad de la luz, que se establece como la única constante.

En el mes de diciembre, mis dos amigos, Solovine y Habicht, abandonan Berna, lo que oficialmente disuelve nuestra sociedad, aunque nunca dejamos de estar en contacto. Ahora solo somos Besso y yo caminando juntos rumbo a nuestras casas a la salida del trabajo. A pesar de su corta existencia, la Academia Olimpia deja una huella profunda en nuestras vidas.

20
Triple tragedia

1906

En noviembre me entero, con mucha sorpresa y dolor, que la dulce Pauline Winteler, a quien llamé muchas veces *mamá* durante mis días de estudiante en Aarau, ha sido asesinada a tiros por Julius, el sexto de sus hijos.

Después de varios años trabajando como cocinero en un barco mercante americano, Julius regresó a la casa paterna, en Suiza, mostrando signos claros y preocupantes de una enfermedad mental grave. También mató a su cuñado Ernst, tras lo cual se suicidó.

Esta triple tragedia, ocurrida en el seno de una familia tan querida y recordada, sacude hasta los cimientos mi estabilidad mental y emocional. Me deja como náufrago a la deriva en un mar de inquietud permanente, quizás como preludio de las grandes catástrofes que me acechan en el camino.

Muy angustiado, le escribo una carta de pésame a Jost Winteler: «Estoy profundamente conmocionado por la terrible tragedia que estalló tan de repente sobre usted y sus hijos. Me siento obligado a expresar mis más profundas condolencias, aunque sé muy bien cuán impotentes son mis pobres palabras ante semejante dolor».

21
Regresan las depresiones de Mileva

1909

En julio recibo mi primer doctorado *honoris causa*, otorgado por la Universidad de Ginebra. Además, tras aceptar un puesto como profesor asociado de Física Teórica en la Universidad de Zúrich, llega a su fin mi trabajo como examinador de patentes en Berna.

En octubre empaco mis maletas y me traslado con mi familia a Zúrich. Considero propicio el momento para dedicarme por completo a lo que más me apasiona: la investigación en el campo de la física.

A finales del año, Mileva comparte conmigo su nuevo estado de embarazo. Recibo la noticia con una mezcla de sentimientos encontrados: el gran amor que a sus cinco años me inspira Hans Albert hace que me sienta feliz de saber que viene en camino un hermanito, pero los grandes altibajos emocionales en la vida de mi esposa, que la hacen víctima constante de profundas depresiones, siembran en mí serias dudas acerca de su capacidad y buen juicio para la crianza de nuestros hijos. Sin embargo, he de reconocer que ha sido una buena madre, aunque, debido a su enfermedad, permanezca encerrada en casa la mayor parte del tiempo.

22
Nace Eduard

1910

El 23 de marzo, poco tiempo después de graduarse de la Universidad de Berna en Lenguas Romances y Literatura, Maja se casa con Paul Winteler, quien se desempeña como abogado. Me siento feliz por los dos, pues a Paul lo estimo como a un hermano.

El 28 de julio nace nuestro hijo Eduard. La dicha de este acontecimiento hace que me esfuerce por ser un buen esposo para Mileva.

Mi madre se muda a Berlín con la familia de mi tía Fanny, incluyendo a Elsa —que se divorció dos años atrás— y a sus dos hijas. Al año siguiente, toma un empleo como ama de llaves en Heilbronn, cosa que me causa una gran molestia. Sin embargo, conociendo su espíritu rebelde y su independencia, lo acepto a regañadientes.

23
¡Vamos a Praga!

1911

Me contratan como catedrático de Física Matemática en la Universidad Alemana de Praga. Llego a la ciudad en abril con Mileva y los niños. Muy pronto me relaciono con Georg Pick, matemático alemán de origen judío y director del comité que me ofreció trabajo en esa facultad.

Aunque las primeras ideas sobre la teoría de la relatividad general se me ocurrieron en 1908, es en nuestra estadía en Praga cuando hago otros descubrimientos importantes para apoyarla, como aquel del desvío de los rayos de luz en las cercanías del Sol a causa de la gravedad. Georg me presenta el trabajo de los matemáticos italianos Gregorio Ricci-Curbastro y Tullio Levi-Civita en torno al cálculo diferencial absoluto.

Por su parte, Paul y Maja se radican en Lucerna, ciudad en la que él ha conseguido trabajo.

24
Mis encuentros con Kafka

1912

Me vuelvo participante asiduo del círculo intelectual judío de la ciudad de Praga, en el que fraternizo, entre otros, con los escritores Franz Kafka y Max Brod.

Aparecer todos los martes en la noche en el café Louvre, ubicado en la famosa avenida Nacional, se convierte rápidamente en una costumbre que disfruto al máximo, pues estas reuniones me traen el recuerdo de la Academia Olimpia, que todavía extraño. Allí veo con frecuencia a mi amigo Georg y a Vladimir Heinrich, profesor de Astronomía en la Universidad Checa. No faltan las ocasiones para lucirme con Lina al interpretar a Mozart y a Bach en compañía de algún otro músico espontáneo.

Los encuentros con Kafka me permiten tener un agradable intercambio de ideas en el campo literario y — por qué no— en el filosófico (¿cómo no adentrarme en ese terreno al escuchar sus disertaciones, en las que descubro una lucha existencial constante y una frustración permanente ante la adversidad, que siempre termina por imponerse?). La primera vez que lo veo me parece un cachorro enjaulado, trepidante y asustadizo, con un aura de huérfano desamparado que no lo abandona.

Kafka, al igual que yo, nació en el seno de una familia judía. Su padre era checo y su madre alemana, por lo que desde su primera infancia ya hablaba con fluidez los dos idiomas. Estudió para convertirse en abogado, pero después de completar su formación legal consiguió empleo en una compañía de seguros —situación en la que me veo reflejado— y eso lo obligó a relegar su gran pasión por la literatura a su tiempo libre.

En alguna ocasión, hablando acerca de nuestros libros favoritos, hallamos una feliz coincidencia en el Quijote.

—Me inclino más hacia la figura de Sancho —me dice—. Creo que algún día le haré justicia; escribiré una historia con él como protagonista.

—Sancho te va a quedar muy agradecido de que vayas a su rescate —le digo en tono burlesco—. Ahora, si yo fuera escritor, escribiría como Cervantes. Mi mayor orgullo sería poder alardear de ser el autor de *Don Quijote de la Mancha.*

Un día, en el rincón menos bullicioso del café, Kafka nos lee la primera parte de un libro que acaba de escribir titulado *La metamorfosis.*

—¡Parece sacado de mi peor pesadilla! —le digo a manera de cumplido antes de marcharme.

25
Reencuentro con Elsa

1912-

A finales de julio estamos de vuelta en Zúrich. Regreso —¡al fin!— con un contrato para enseñar en mi *alma mater.*

En agosto hago una breve visita a mi madre en Berlín, en casa de mi tía Fanny. Después de muchos años, me reencuentro con Elsa. Respiro en el aire de la habitación un sutil olor a violetas silvestres que me estremece.

Paso un par de horas departiendo con las tres mujeres. Mi madre y mi tía no paran de hacer preguntas sobre mi trabajo y los niños, pero noto en el ambiente cierta resistencia a mencionar siquiera el nombre de Mileva.

Elsa, silenciosa, sonríe y no deja de mirarme con cierta picardía que me cautiva. Su figura, su voz y su aroma tan peculiar despiertan nuevamente en mí aquel torbellino de sentimientos que me sobresaltó en la adolescencia y que creía por completo apaciguado. No puedo evitar dirigirle continuas miradas furtivas.

—¿Cuándo regresas a Zúrich? —me pregunta aprovechando un descuido de nuestras madres, que conversan animadas en la cocina.

—Mañana —le respondo un poco intrigado.

—¿Te gustaría acompañarme a un café cercano y conversar un rato?

—Está bien —contesto mientras *huelo* su cercanía y una ola de ansiedad sacude mi cuerpo.

Me despido de mi madre con la promesa de escribirle con más frecuencia y de permitirle disfrutar de sus nietos algún día. También le digo adiós a mi tía y le doy un abrazo cariñoso.

Elsa y yo caminamos conversando hasta La Bohème, un pequeño café francés a unas cuadras de su casa.

—Hace mucho tiempo que no nos veíamos —me dice en un tono juguetón de reproche—. Se me hace que has estado bastante ocupado.

—¡No he sido el único! —le respondo imitando su tono de voz—. Supe que te casaste y que tienes dos hijas.

—¿Te enteraste también de que me divorcié? —pregunta mientras nos sentamos en el café, en una esquina con iluminación escasa.

—Sí, me contó mi madre. ¿Qué sucedió?

—Creo que ya conoces la historia —dice tras exhalar un profundo suspiro—. Las cosas no resultaron con Max y nos divorciamos hace cuatro años. Yo me quedé con Ilse y Margot, y mi madre me ayuda con su crianza.

—¿Dónde están ellas?

—Pasando unos días con su padre —responde. Luego me lanza, sin titubeos, *la pregunta*—: ¿Cómo va tu matrimonio?

Aquel cuestionamiento me sacude como un disparo a quemarropa y me deja ensimismado. Permanezco un rato en silencio mientras hurgo en mi interior a la caza de una respuesta.

Lo cierto es que desde hace mucho tiempo estoy separado sentimentalmente de Mileva. Seguimos viviendo en la misma casa, pero nos hemos convertido en un par de extraños cuya única actividad en común es la crianza de los hijos. A pesar de esto, su sufrimiento no deja de causarme pena. Ella es una parte importante de mi vida y la influencia más poderosa sobre los niños. Su estabilidad mental, emocional y física es algo que nos beneficia a todos, razón por la cual he buscado ayuda para tratar su depresión. Sin embargo, la única solución que me ha ofrecido un siquiatra, al que consulté por recomendación del médico de la familia, es algo que considero totalmente fuera de lugar: internarla durante algún tiempo en un sanatorio mental.

Siempre he sido muy curioso acerca de los avances de la ciencia en todos los aspectos del acontecer cotidiano de la humanidad. No obstante, por mucho que lo intento, no logro ver a la siquiatría progresar dentro de ella. No descubro en este campo un procedimiento estándar que traiga de vuelta a la normalidad a los pacientes. Lo único que noto es una insistencia en aplicar métodos violentos de apaciguamiento. Por tanto, esta especialidad no me inspira la suficiente confianza como para poner en sus manos el cuidado de una persona que esté experimentando alguna clase de problema emocional o mental, mucho menos si se trata de la madre de mis hijos.

También he seguido de cerca el trabajo en este campo de alguien con quien comparto mis raíces judías: Sigmund Freud. Aunque tiene toda mi admiración por dedicarse a buscar una explicación lógica de las enfermedades mentales y por sus intentos de crear un método efectivo para erradicarlas, pienso que aún no ha logrado consolidar su trabajo, especialmente el sicoanálisis, en una base que pueda catalogarse plenamente como *científica*. Por ahora, le doy el beneficio de la duda porque sigue investigando y porque creo que todavía dispone del tiempo y de una gran capacidad intelectual para conseguirlo.

—En realidad —le contesto finalmente a Elsa—, nuestro matrimonio dejó de existir desde hace mucho tiempo. Creo que solo me falta darle la estocada final: pedirle a Mileva el divorcio, asunto que he venido posponiendo por pensar, en primer lugar, en el bienestar de los niños.

Hemos bebido un par de copas de vino. Aprieto con suavidad sus manos entre las mías mientras respiro profundamente aquel aroma tan suyo que me cautivó durante los días de su estancia en Múnich y que solo encuentro en esas pequeñas violetas que crecen silvestres durante la primavera alemana.

—¿Qué perfume usas? —le pregunto.

—Ninguno, ¿por qué?

Elsa me mira fijamente a los ojos. Luego se acerca muy despacio y me da un beso suave y prolongado. Como en uno de esos experimentos mentales que suelo hacer, siento que floto en un espacio sin gravedad en donde el tiempo se ha detenido, y que, a partir de aquel instante, nada podrá impedir que mi vida cambie para siempre.

Había soñado con ese beso desde que era un jovencito. Desde aquellos días de 1894 cuando ella y sus padres nos visitaron en Múnich. La hermosa muchacha que recién conocía me atrajo con fuerza desde el momento en el que traspasó la puerta de nuestra casa y llenó todos los espacios con su presencia curiosa, despreocupada y alegre.

—Recuerdo que dijiste: «Soy tu prima Elsa», con aquella voz que siguió retumbando en mi memoria hasta mucho tiempo después de tu partida.

—¡No me quitabas los ojos de encima! —dice ella, soltando una carcajada.

—Creo que en aquel entonces yo tenía quince años, ¡y tú eras ya toda una mujer de dieciocho!

—Yo, intrigada, no paraba de preguntarme: «¿Por qué me mira este niño con tanta insistencia?».

—*También te olía* —le confieso—. Me hechizó tu aroma, que se esparcía con rapidez por dondequiera que fueras y que yo perseguía, incansable, con mi nariz de sabueso, tratando de no dejar escapar ni una sola partícula. Mucho después relacioné tu olor con el de las violetas y esperaba con ansias la primavera para encontrarte, desesperado, en cada jardín de la ciudad.

—¡Solo tú percibes ese olor en mí, Albert!

—Mi madre creía que había enloquecido porque, cuando te fuiste, estuve respirando sin cesar, durante varios días, cada centímetro cúbico del aire de la casa, en pos del más mínimo rastro de tu permanencia entre nosotros.

—En una ocasión —cuenta Elsa mientras nos sirven otra copa de vino— me distraje un rato hablando con mi tía Pauline. Fue entonces cuando apareciste en escena y decidiste anidarte en lo más profundo de mi corazón. En medio de la conversación, llegó a nuestros oídos una melodía de violín y piano en la que reconocí una de las más hermosas sonatas de Mozart. «Vamos a la sala», dijo tu madre, y me arrastró hasta el lugar del cual provenía aquella música y en el que se encontraba la familia reunida. Maja me impresionó con su dominio del piano, pero *las notas de aquel violín parecían estar brotando desde el mismo corazón de Amadeus.* Entonces descubrí que eras tú, el niño que no había dejado de mirarme ni un solo instante desde mi llegada, quien se había transformado en alguien tan encantador y totalmente inesperado. ¡Y me enamoré de ti desde esa primera vez que te escuché interpretar a Mozart, de una forma absolutamente maravillosa, con tu violín!

Elsa se calla de repente, tapando con una mano su boca después de soltar aquella confesión.

—Aquel día estaba tocando el violín para ti —le digo mientras acaricio con ternura su cabello—. Además, ya no soy un niño.

—Lo sé —replica ella, ahora muy seria—. *Pero somos primos hermanos.*

—A mí eso no me molesta.

Luego soy yo quien se acerca y la besa.

A mi regreso a Zúrich, decido darle continuidad epistolar a esta nueva relación.

26
Primera Guerra Mundial

1914

En abril, tomo posesión de mi puesto como profesor en la Universidad Humboldt de Berlín. Mileva y los niños llegan un poco después. El cargo me fue ofrecido el año anterior, a la par de una membresía en la Academia Prusiana de las Ciencias y la dirección del instituto Kaiser Wilhelm de Física. Por fortuna, me eximen de dar clases, lo que me permite dedicar por completo mi tiempo al avance de mi investigación, cada día más próxima a una formulación definitiva de la teoría de la relatividad general.

Este cambio me brinda la oportunidad de estar más cerca de Elsa, con quien he mantenido una fluida comunicación escrita durante los dos últimos años. Por desgracia, Mileva se entera de nuestra relación y decide regresar con los niños a Zúrich. No hago ningún esfuerzo por retenerla. Nuestro matrimonio parece haber llegado a su punto final.

Por esos días estalla un conflicto bélico cuyo epicentro — para mi total infortunio— es la ciudad de Berlín.

Las visiones que sobresaltaron incontables noches de mi niñez se materializan de nuevo en mis sueños más recientes. Regresan las batallas campales en las que soldados de caras imberbes, muchos de ellos aún adolescentes recién arrancados del seno materno, se trenzan en una lucha mortal, cuerpo a cuerpo, con un enemigo que físicamente se les parece y con el que tienen más cosas en común de las que podrían imaginar. Alguien que de seguro tampoco entiende la razón de un final tan despiadado y con quien quizás comparten lazos ancestrales comunes.

Una cosa que persiste en relación con estas visiones es que nunca me veo dentro de ellas empuñando un arma, matando a otros soldados o siendo asesinado en medio de tan atroz carnicería. Sin embargo, el peso de una gran aflicción, resultado de los acontecimientos relacionados con *aquella guerra*, me hace tener la certeza de que soy —de una manera aún irreconocible— responsable de ese infierno que ahora amenaza con devorarme.

Pero, como siempre, cada vez que despierto y analizo con cuidado el contenido de estos sueños, les doy una explicación racional y luego los desecho, como si fueran un simple producto de las tensiones actuales. Porque... ¿Cómo iba a ser yo el protagonista de una guerra transcurrida en una época en la que *aún no había nacido*?

A veces me asombro de mis propias dudas y termino sin saber por qué le dedico mi tiempo al análisis de tales disparates.

Las cosas suceden de una forma tan acelerada que en cuestión de días estamos inmersos en una agitación gigantesca, producida por las acciones militares que se propagan a través de Europa con rapidez y que escalan hasta convertirse en ese monstruo triturador de vidas conocido posteriormente como la Primera Guerra Mundial.

Noticias

Alemania, una monarquía militar en la que el emperador Guillermo II ejerce un control absoluto del poder, invade Bélgica —país que hace poco se ha declarado neutral— durante la primera semana de agosto, y sus tropas marchan, con paso raudo, rumbo a París. Por estos días se enlista en el ejército alemán, como soldado voluntario, el ciudadano austriaco de treinta y cinco años Adolf Hitler.

La guerra me crea una dificultad inmensa para ir a Suiza a visitar a mis hijos y me mantiene en un continuo estado de excitación nerviosa, que solo puedo controlar dedicando al trabajo todo mi tiempo y mi esfuerzo.

27
Manifiesto a los europeos

1915

El 25 de noviembre presento la formulación definitiva de la teoría de la relatividad general ante la Academia Prusiana de las Ciencias. Esta meta, largamente anhelada, me llena de alegría aun en medio de los avatares de esta guerra absurda.

Mi relación con Elsa se fortalece con el paso de los días mientras mi comunicación con Mileva se hace más esporádica. Aunque trato, por todos los medios, de hacerle llegar a tiempo el dinero que le envío todos los meses.

Noticias

La guerra se ha mantenido activa durante todo el año. Lo que al comienzo se pensó que sería una contienda de corta duración, con los Imperios alemán y austrohúngaro alcanzando sus objetivos militares con prontitud, pronto se convierte en una conflagración de proporciones gigantescas.

En su afán por detener el avance de los ejércitos aliados sobre los territorios ocupados, las tropas invasoras comienzan a construir trincheras a lo largo de los principales frentes de combate. Sus enemigos proceden a imitarlos, creando así una situación que ralentiza notoriamente el accionar en todos los frentes. La cantidad de muertos —civiles y militares— en los dos bandos es de cientos de miles.

Ese mismo año me niego a firmar el *Manifiesto de los 93,* un escrito en el que científicos e intelectuales respaldan las acciones militares del emperador. En cambio, y como una rápida respuesta a ese documento, que no es más que una tonta justificación de las agresiones alemanas, apoyo sin condiciones el *Manifiesto a los europeos,* en el que Wilhelm Foersten, Georg Friedrich Nicolai, Otto Buek —tres reconocidos profesionales alemanes— y yo cuestionamos esas acciones. Parte de la declaración dice:

> La lucha que hoy se desata probablemente no producirá ningún vencedor. Por lo tanto, no solo parece bueno, sino bastante necesario, que los hombres educados de todas las naciones ejerzan su influencia de tal manera que, cualquiera que sea el final —aún incierto— de la guerra, los términos de paz que se alcancen no se conviertan en la causa de guerras futuras.

Aunque extraño mucho a mis hijos, en el fondo me alegro de que estén en Zúrich con su madre y no en Berlín.

28
Teoría de la relatividad general

1916

Le comunico a Mileva, desde esta distancia física que *también* nos separa, mi decisión de comenzar el proceso de divorcio, algo que ella rechaza desde el primer momento. Lo cierto es que, a pesar de mi deseo de no causarle más sufrimiento ni de soportar el dolor de separarme de mis hijos para siempre, considero que nuestro matrimonio ha llegado a su fin.

En marzo, la revista alemana *Annalen der Physik* publica mi obra más reciente, a la que le he dado el nombre de «*Fundación de la teoría general de la relatividad*». Esta es, en realidad, una continuación de mi trabajo original sobre la relatividad especial, publicado en 1905, el cual no tuvo en cuenta la gravedad como protagonista del funcionamiento del universo.

Esta vez propongo que las enormes masas, como las del Sol y los planetas, crean una curva en el continuo espacio-tiempo (como la que haría una esfera metálica de diez kilogramos sobre el centro de la superficie de un colchón). Es en esta curvatura donde tiene su origen la gravedad, la cual genera una desviación totalmente predecible de los rayos de luz provenientes de estrellas lejanas cuando entran en su espacio.

Un dato incidental que vale la pena agregar es que Mozart jugó un papel importante en la realización de este trabajo. En numerosas ocasiones busqué refugio en su música con mi violín, pues en la belleza simple de sus composiciones encontré siempre la inspiración necesaria para seguir avanzando en el campo de la física cuando sentía que había llegado a una encrucijada.

Noticias

La guerra de trincheras continúa. Los muertos alcanzan cifras de seis dígitos. Durante este año hieren en combate al cabo Adolf Hitler, quien es condecorado con la Cruz de Hierro de primera clase por sus actos de valentía. Ya en este tiempo experimenta un sentimiento intenso de odio hacia los judíos, alimentado por una extrema derecha que ha logrado permear la jerarquía militar aun en tiempos de guerra.

29
Elsa viene a cuidarme

1917

La mayor parte de este año he estado enfermo. Estoy convencido de que la tensión ocasionada por la guerra se ha entrometido seriamente en mi salud. Me han diagnosticado una enfermedad hepática y una muy molesta y dolorosa úlcera estomacal. En muy poco tiempo mi cuerpo ha perdido más de cincuenta libras. Tengo continuos episodios de fiebre acompañados de una tos persistente y a veces soy presa de las más pavorosas pesadillas.

Elsa, preocupada por mi precario estado de salud, deja a sus hijas al cuidado de su madre y se muda a mi casa durante aquellos meses en los que llego a sentir que me abandona la vida. Durante ese tiempo vivo varias experiencias que, en su momento, debo confesar, me dejaron bastante perplejo. Una de ellas ocurre el 6 de abril estando yo en cama, abatido por una fiebre inquebrantable.

Elsa había salido a comprar algunas medicinas. Yo sabía que era Viernes Santo. Aunque no soy religioso, algo en mí parece estar *sintonizado* con esta época del año, con este día de la celebración católica en particular: lo capto automáticamente en el ambiente, sin importar el lugar donde me encuentre, y esto me lleva años atrás, hasta los días de mi infancia en el Petersschule.

30
Jesús

1917-

A mitad de la tarde, la fiebre me traslada al episodio del clavo de aquel Viernes Santo de mi niñez, que ya creía olvidado. Luego me arrastra hacia un pasado más allá de los límites de mi propia vida, a un sitio lejano donde veo una gran cruz de madera en el suelo polvoriento. Junto a ella, un hombre semidesnudo y ensangrentado recibe un latigazo de un soldado romano que, con aspereza, lo conmina a levantarse, pero en su cuerpo no queda energía suficiente para acatar esa orden. Simplemente se queda tendido en el piso, jadeante, a punto de desfallecer. Luego vienen otros soldados que lo acuestan sobre la cruz y le extienden los brazos con reciedumbre en el travesaño horizontal. Una fuerza enorme, a la que no puedo resistirme, estira mis brazos de idéntica manera y a medida que atan sus manos por las muñecas al madero, yo siento que unos lazos se cierran alrededor de las mías y las sujetan a una cruz que parece haber reemplazado mi cama. cuando aquel hombre tose, yo no paro de toser. Después vienen los clavos —*¡esos benditos clavos!*—. Primero acomodan sus pies —¿mis pies?— sobre una pequeña base de madera en la parte inferior de la cruz. Un clavo atraviesa el empeine del pie derecho y escucho un crujir de huesos que se revientan. Luego sigue el otro pie y las manos, a las que perforan en el centro de las palmas.

Acto seguido, levantan la cruz y yo siento que me elevo por los aires.

En este punto me convierto en aquel hombre y observo la ciudad blanca de Jerusalén desde lo alto del Gólgota, bajo el manto de una oscuridad repentina, en una mañana de abril.

Mi madre se acerca. Siento el calor de sus manos en mis pies doloridos, hasta que la obligan a retirarse del área de las ejecuciones. Antes de perder la conciencia, la veo alejarse, inclinada bajo el peso abrumador de su hondo desconsuelo. Parece adivinar que la observo, pues se detiene, da media vuelta y me dirige una última mirada. Hace una señal con sus manos, para mí desconocida, que considero su último adiós: pone su mano izquierda en posición vertical a la altura del pecho y la derecha, horizontal, sobre ella. Luego hace una venia leve y reanuda su marcha.

Paso muchas horas clavado en la cruz. En algún momento salgo de mi inconsciencia y, al abrir los ojos, veo que han desaparecido mis compañeros de tortura; solo dos cruces solitarias parecen hacer guardia en la antesala de mi partida. Los centinelas encargados de custodiar el tétrico calvario romano han huido, tal vez buscando refugio de una tormenta que se avecina. Una especie de cosquilleo que se origina en mis manos y pies comienza a extenderse por todo mi cuerpo, y aumenta gradualmente su intensidad. Al mismo tiempo se activa una voz en el interior de mi cabeza y recita, desde el comienzo, las líneas del Pentateuco: «En el principio, Dios creó los cielos y la tierra...».

31
¡Al diablo con los calcetines!

1917-

Un grito de Elsa, que me mira aterrada desde el marco de la puerta de la habitación, me trae de vuelta a la realidad. Yo sigo ahí, con los brazos extendidos, clavado en aquella cruz invisible, suspendido en el aire durante unas fracciones de segundo. Luego me desplomo sobre la cama.

Los episodios de tos y fiebre continúan. Elsa me pone compresas de agua fría y me da los medicamentos, pero lo que más contribuye a mi mejoría son sus muestras de afecto. Nuestro amor se hace cada vez más fuerte, tanto que llego a proponerle matrimonio.

—¿Cómo? ¡Si eres un hombre casado! —me responde.

En algún momento, Elsa trata de traer claridad al «asunto de la levitación», como ella, con cierta gracia, llama a lo que presenció aquel día al entrar a mi habitación. Yo trato de minimizar lo sucedido: le digo que no fue más que un episodio relacionado con la fiebre, cosa que ella parece aceptar, no sin algunas protestas.

Con mi salud medianamente restablecida, retomo mis actividades académicas en la ciudad de Berlín. La única secuela que me queda de los meses de encierro es un dolor leve, casi imperceptible, en el centro de las palmas de mis manos y en el empeine de mis pies. Pero al caminar, el roce continuo de los calcetines con el empeine eleva en esa zona la magnitud del dolor, haciéndolo a veces insoportable. Por esta razón, termino quitándomelos todos los días al llegar a la oficina, lo que me trae un poco de alivio. Pasado un tiempo, noto que el malestar es mucho menor si, desde un comienzo, me pongo los zapatos sin calcetines, así que lo convierto en una costumbre.

—Algún amigo o un periodista indiscreto te va a preguntar al respecto —dice Elsa una tarde, muerta de la risa.

—«Un día me di cuenta de que el dedo gordo siempre termina haciendo un hueco en el calcetín, por eso dejé de usarlos». ¡Esa será mi respuesta! —le contesto.

32
Los Estados Unidos entran en la guerra

1917-

Durante los meses de enfermedad y convalecencia me he desconectado por completo de las noticias de la guerra. Cuando finalmente me pongo al día, no puedo evitar sentir alegría ante el anuncio de que los Estados Unidos han entrado en la contienda, pues pienso que tal vez serán la fuerza que sacará de balance la quietud producida por la confrontación de trincheras. No me importa si Alemania termina vencida, ya que siempre la he considerado la nación agresora.

Una coincidencia que no deja de llamar mi atención es que los Estados Unidos le declararon la guerra a Alemania *aquel viernes*, 6 de abril de 1917.

33

Eduard en un sanatorio mental

1917-

Me preocupa la salud de Eduard. Mileva me ha escrito una carta en la que me cuenta que nuestro hijo menor ha estado bastante enfermo: no acaba de reponerse de un mal cuando ya está siendo golpeado por otro. Me dice también que ha consultado a varios galenos y entre ellos parece haber consenso acerca del tipo de padecimiento que lo aqueja. Por último, me expresa que lo ha llevado recientemente a un sanatorio mental, donde le han hecho algunos exámenes.

Le respondo, con un gran pesar en mi corazón, que cuente conmigo para buscar la mejor ayuda disponible para el niño, pero que de ahora en adelante evite que le hagan esa clase de evaluaciones.

34
Fin de la guerra

1918

Mi madre enferma de cáncer durante la guerra. Estando de visita en casa de Maja y Paul, en Lucerna, la internan de emergencia en el sanatorio Rosenau debido a una crisis relacionada con su enfermedad.

Noticias

El 8 de agosto, un ataque aliado rompe el frente germano. Los militares alemanes les piden a los políticos iniciar de inmediato las negociaciones de paz.

El 15 de octubre, el cabo Adolf Hitler queda parcialmente ciego a causa de un ataque con gas mostaza realizado por el Ejército británico y es enviado a un hospital de campaña. Estando en recuperación, se entera de la derrota alemana, lo que le produce un segundo episodio de ceguera. «Todo se volvió negro ante mis ojos», declararía un día.

El 11 de noviembre, Alemania acepta las condiciones de los aliados y firma el Armisticio de Compiègne, poniendo fin, de esta manera, a la Primera Guerra Mundial. Se han perdido más de dieciséis millones de vidas durante los cuatro años de duración del conflicto.

35
Mileva firma el divorcio

1919

El 14 de febrero, Mileva firma el documento que oficializa nuestro divorcio. Una de las cláusulas estipula que si algún día me es concedido el premio Nobel, el dinero les será otorgado a ella y a nuestros hijos. No objeto esta exigencia. Ese capital, si algún día llega, los protegerá de padecer penurias económicas. Pero hasta que eso suceda, les he asignado una pensión que les permitirá sobrevivir sin sobresaltos.

36
Un eclipse confirma la teoría de la relatividad general

1919-

El eclipse solar del 29 de mayo, registrado en tres lugares diferentes del mundo por los equipos del astrónomo inglés *sir* Arthur Stanley Eddington, confirma mi predicción de la desviación de los rayos de luz producida por el campo gravitacional del Sol. Las fotos de este evento recogen el fenómeno: algunas estrellas, visibles durante el apagón, aparecen en el lugar equivocado. Este simple hecho es la validación final de la efectividad práctica de la teoría de la relatividad general.

Muy emocionado, escribo una carta: «Querida madre, buenas noticias. He recibido un telegrama de H. A. Lorentz. Dice que las expediciones británicas acaban de probar la difracción de la luz cerca del Sol».

37
Nace la República de Weimar

1919-

El 2 de junio, las vidas de Elsa y la mía se unen finalmente en matrimonio. Ilse y Margot se vienen a vivir con
nosotros.

Noticias

Tras el fin de la guerra, deja de existir el Imperio alemán. Hitler
está furioso por el tratado de paz firmado en Versalles el 28 de
junio, que impone sanciones a Alemania —entre ellas hacerse
responsable por el costo de la guerra— y crea divisiones en su
territorio, del cual una parte permanece ocupada por los aliados.
Dado de alta del hospital, se dirige a Múnich y se dedica a la
política tras unirse al Partido Obrero Alemán durante el mes de
septiembre.

En la ciudad de Weimar, se reúne la Asamblea Nacional Cons-
tituyente, que proclama la nueva Constitución del Estado alemán. Este documento entra en vigor el 11 de agosto y crea la
nueva República de Weimar, con un Gobierno federal confor-
mado por dieciocho estados que dirige un presidente elegido
por votación popular. Este tiene la facultad de elegir un canciller,
que tendrá bajo su cargo las funciones cotidianas del Gobierno.

Por razones prácticas —particularmente relacionadas con
mi matrimonio y mi trabajo— decido recuperar mi nacionalidad alemana. Presento un reclamo que me permite

lograrlo con rapidez, sin tener que renunciar a mi nacionalidad suiza.

En diciembre saco a mi madre del sanatorio Rosenau y la llevo a vivir con nosotros en Berlín.

38
Último adiós a mi madre

1920

Mi madre entra en la etapa final del implacable cáncer de páncreas que la ha consumido lentamente durante los tres últimos años. Ante esta situación, nos vemos en la penosa obligación de trasladarla al hospital de manera definitiva. Verla en una cama, reducida a un frágil montón de huesos, con apenas un leve aliento de vida, me ocasiona una aflicción indescriptible.

En la mañana del jueves 19 de febrero se nos informa que debemos iniciar los arreglos pertinentes para su partida definitiva. No me separo de su lado ni un instante. Elsa y las chicas van temprano a despedirse, al igual que mi tía Fanny y Rudolf. Maja y Paul aparecen un poco más tarde.

Al final del día solo yo la acompaño. Mi hermana y su esposo, fatigados por el viaje reciente, se retiran en busca de descanso. Un objeto oscuro, que luce abandonado en uno de los rincones de la habitación, sobresale entre las sombras y atrae fuertemente mi atención. Pronto reconozco lo que es y recuerdo que yo mismo lo puse en ese lugar el día anterior; se trata de mi amado violín, que traje con la esperanza de arrancarle al rostro de mi madre un par de sonrisas.

Con cuidado, saco a Lina de su estuche, la acomodo sobre mi hombro izquierdo, coloco el arco sobre sus cuerdas, cierro los ojos y me sumerjo en una de las sonatas de Mozart que más le gustan a mi madre.

Finalizada la melodía, abro los ojos y me hallo ante una escena inesperada. Es tal el sobresalto que me causa que el violín resbala de mi hombro; pero logro reaccionar a tiempo asiéndolo por el mango antes de que se estrelle contra el piso. *Mi madre, sentada en medio de la cama con las piernas cruzadas, me observa fijamente con los ojos muy abiertos y una sonrisa en los labios.*

—¡Gracias, Albert! —exclama con frescura, como si acabara de despertar de una siesta en los tiempos en los que no había sido aún atropellada por la enfermedad—. Veo que mantienes intacta tu conexión con Mozart.

No he terminado de sacudirme la sorpresa cuando comienza la más extraña conversación —¿o fue en realidad un monólogo?— que haya tenido jamás con alguien en toda mi existencia.

39
Vengo de otro planeta

1920-

—Mi nombre es Zamhira —dice mi madre con voz pausada, como si dispusiera de todo el tiempo del mundo.

—¿Ya no eres Pauline? —me atrevo a preguntar con una pizca de sarcasmo.

—Somos la misma persona, solo que en este momento mi conciencia ha logrado atravesar la niebla del olvido, algo que ocurre en raras ocasiones, sobre todo cuando nos preparamos para transmigrar. De los muchos nombres que he tenido en mi largo transitar por los senderos de este universo, Zamhira es el más antiguo que recuerdo. Soy, como tú, originaria de Tannus, planeta líder de una confederación que agrupa varios mundos con vida inteligente en un punto distante de la galaxia.

Pienso que mi pobre madre está loca de remate. Nunca creí que la escucharía decir semejantes desatinos, pero siempre ha merecido todo mi respeto y, por lo especial de las circunstancias, me acomodo en una silla cercana y la dejo continuar:

—Voy a contarte algo que forma parte de tu pasado, aunque no conserves memoria alguna de ello, y lo hago con la esperanza de sembrar en ti la duda; eso sería, al menos, un buen comienzo. Has estado en este planeta más tiempo del que podrías imaginar, pero tu historia se remonta a sitios lejanos de esta galaxia en los que aún se te recuerda. En ellos has dejado una huella imborrable como creador artístico y como científico. También fuiste constructor de humanidades, como esta en la que ahora vives en contra de tu voluntad y en cuyo diseño original estuviste altamente involucrado. Sé que pensarás: «Si esta historia absurda fuera cierta, ¿cómo es que he venido a parar aquí?». La verdad es que llegaste a este planeta en calidad de prisionero. Fuiste atrapado en tu forma de *Esencia de Vida*, un tipo especial de energía que anima la materia y que a la vez es la conciencia de la persona. La actividad del pensamiento es inherente a ella y tiene una capacidad infinita de almacenamiento de recuerdos. Es aquello que permanece cada vez que nos despojamos de un *vestido* de carne. Como a otros grandes creadores de la galaxia, se te puso en el planeta azul como parte de un cargamento de *siembra de vida*.

»Nosotros (y en ese *nosotros* estás incluido) logramos desarrollar tecnología muy poderosa que nos permite ayudar a que la *Esencia de Vida* pase de un cuerpo a otro manteniendo la continuidad de su memoria, por lo cual sus recuerdos permanecen intactos. También descubrimos métodos efectivos para restaurar esa continuidad cuando, por alguna inesperada razón, esta llega a interrumpirse.

»En nuestras sociedades, los cuerpos son gestados artificialmente. Cuando alcanzan cierta edad, alrededor de los trece años, están listos para entrar en acción. Al llegar el momento del cambio, la persona puede escoger, entre varias opciones disponibles, la raza y otras características específicas para el nuevo cuerpo que va a controlar.

La mirada de mi madre penetra, inesperadamente, mi intimidad mental.

—¡Exactamente, Albert! —exclama en aparente respuesta a un comentario que no llego a expresar con palabras—. Como cuando buscas un coche nuevo para reemplazar el que tienes.

Después de una pausa, continúa—: La Tierra estuvo predestinada, desde su descubrimiento, a convertirse en un reflejo de la civilización planetaria confederada, a ser un nuevo paraíso y un puente seguro para la expansión de nuestras fronteras.

»Trasplantamos nuestros genes, que ahora forman parte de las diferentes razas que lograron desarrollarse, aunque estos cuerpos nunca alcanzaron la etapa del cambio hacia una mejor manera de reproducción. Por culpa de la intervención invasora, esta se mantuvo en el mismo nivel que el de algunas clases de animales. El alumbramiento, tal y como sucede en la Tierra, es un tanto rudimentario y violento, y altera la vibración natural de la *Esencia de Vida.* Esto, sumado a la acción de las *máquinas de borrado de memoria,* deja a la persona en un estado de confusión permanente que la hace fácilmente controlable. Además, hace que su nuevo cuerpo sea vulnerable a la acción de enfermedades que acortan en sumo grado su tiempo de vida, ya de por sí bastante reducido. Los ingenieros genéticos de la Confederación no tuvieron la oportunidad de corregir un problema relacionado con la duración de estos cuerpos. Por lo tanto, el promedio de vida en la Tierra es quince veces más bajo que el de otros planetas similares.

»Un enemigo poderoso, habitante de un grupo de mundos lejanos, con quien forjamos alianzas y compartimos nuestro conocimiento a lo largo de incontables milenios, inició una invasión sorpresiva en los dominios de la Confederación. Esto nos halló desprevenidos e indefensos. Cuando logramos repeler sus ataques, ya se había apoderado de varios planetas, entre ellos la Tierra, y había hecho prisioneros a muchos científicos y artistas.

»A ese grupo lo llamamos los Obscuros, no por el color de la piel de sus integrantes, sino por sus intenciones ocultas, con las que urdieron los engaños que nos hicieron creer en su buena voluntad. Se apoderaron, mediante el uso de la fuerza, de nuestra preciada tecnología, perfeccionada para ayudar a la *Esencia de Vida* a pasar sin sobresaltos de un cuerpo a otro y a mantener intacta la continuidad de su memoria. Luego la modificaron para ser usada, con mucha malignidad, en su contra.

»Los Obscuros lograron, a partir de nuestros descubrimientos, avances significativos en la creación de técnicas para borrar o trastornar la memoria, que los llevaron a la construcción de máquinas que usan de manera eficaz con ese fin. Una *esencia de vida,* atrapada en la zona planetaria de la Confederación, es alterada con el uso de tales métodos, en extremo violentos, con los cuales se elimina su identidad original y sus recuerdos. Más tarde se le transporta a la Tierra o a algún otro lejano planeta recién colonizado, donde se le obliga a soportar un interminable ciclo de vidas miserables y a realizar, en ocasiones, trabajos forzados en la extracción de los recursos necesarios para la supervivencia de sus captores.

»Es así que la Tierra pasó de ser el sueño de un paraíso idílico a la horripilante pesadilla de un calabozo enorme en el que conviven, ajenos a su suerte, los pioneros voluntarios del plan de siembra original, los creadores artísticos más brillantes de la galaxia y los mayores criminales y dementes del área planetaria de los Obscuros.

»Los pioneros, *sembrados* en su estado de de *Esencia de Vida* cuando los cuerpos en la Tierra comenzaron a estar disponibles, fueron seleccionados por sus habilidades para el trabajo físico y los deportes; esto debido a las duras condiciones que debían enfrentar para crear una infraestructura de vida similar a la de los planetas mas avanzados de la Confederación a partir de un medio ambiente inhóspito en alto grado.

Pero quedaron atrapados en el fallido experimento al no poder beneficiarse de la asistencia programada. Posteriormente, apabullados por los devastadores efectos de las máquinas borradoras de memoria, terminaron olvidándose por completo de sus orígenes y su propósito.

»El grupo de los criminales convirtió a la Tierra, desde el mismo instante de su llegada, en un extenso campo de batalla. Las guerras son el común denominador en el que desembocan sus retorcidas intenciones. Cuando logran obtener posiciones de poder, siembran el caos a gran escala y tratan de ejercer, por cualquier medio, un control absoluto sobre los demás.

»Ahora, te voy a decir la razón de que los creadores artísticos sean el blanco principal de los ataques de los Obscuros. Los artistas, como visionarios y creadores de nuevas realidades, se convirtieron en un obstáculo para sus pretensiones expansionistas, ya que son siempre los primeros en oponerse a su maquinaria de esclavitud y de maldad. Los invasores pronto se percataron de que la libertad es inherente a los sueños del artista, es la fuerza que empuja la realización de sus ilusiones. Un verdadero artista no permitirá que le restrinjan su libertad. Tratará de hacer algo al respecto, aunque la vida se le vaya en el intento.

»Todo el que lucha por la libertad sojuzgada, en el fondo está luchando por la restauración de su propio poder creativo, y el de los demás.

»Por desgracia, al potenciar la capacidad destructiva de los criminales para sembrar el caos y restringir a los artistas, los Obscuros han logrado establecer un control casi absoluto sobre la población prisionera de la Tierra, que sigue creciendo a una velocidad vertiginosa.

»Si observas bien, notarás que el planeta está repleto de artistas que nunca logran desarrollar por completo su potencial creativo. Son contados los que superan con éxito la restricción impuesta a su libertad de creación por parte de los Obscuros. Aquellos que lo hacen son seres muy poderosos, que vencen esas barreras en sus momentos de inspiración y crean obras maravillosas. Pero estos seres excepcionales son detectados con facilidad por el resultado de sus creaciones y por el tipo de energía que emana de ellos, que no escapa al ojo vigilante del enemigo. Este fue uno de los indicios que nos permitió localizarte.

»Te hablo de todo esto porque está estrechamente relacionado con tu historia y con las razones que te trajeron hasta aquí.

—No soy un artista —le digo a mi madre tratando de refutar lo que me acaba de contar—. El que pueda interpretar a Mozart en el violín o en el piano no hace de mí un verdadero artista. Me considero, a lo sumo, un intérprete regular.

—Deja la modestia, Albert —continúa ella—. *Caíste en esta trampa por ser un artista.* A quienes atrapan como científicos los llevan a trabajar para ellos en otra parte. Lo que ignoran los Obscuros es que ser un verdadero científico es tan solo una de las facetas creativas del artista. Tú de vez en cuando sacas a relucir ese rostro, pero eres, ante todo, un artista. Uno de los más destacados, de hecho, no solo en la Tierra, sino también en otros alejados rincones de la galaxia. Eso te hizo un objetivo distinguible y facilitó tu captura. Ahora, permíteme seguir con la historia.

»Yo vine como parte de un equipo enviado a la Tierra para realizar una importante operación de rescate. Nuestra misión era encontrarte y llevarte de regreso a Tannus en el menor tiempo posible, aunque sabíamos que, en términos realistas, esto no iba a ser fácil ni rápido. Abandonamos la nave nodriza en una antigua base de la Confederación, en las cercanías de Neptuno, y arribamos en una nave de menor tamaño, adaptada para la navegación en este tipo de atmósfera, con medidores de intensidad de la *Energía de Vida* y otros dispositivos de rastreo que nos facilitaran la búsqueda. Tuvimos que eludir, a la vez, los mecanismos de detección de las naves enemigas.

40
Moisés

1920-

—Pasaron muchos años terrestres antes de que pudiéramos ubicar tu paradero. Es posible que hayas emigrado hacia nuevos cuerpos en más de una ocasión. Cuando al fin te hallamos, guiabas a una multitud hacia tierras de libertad, dejando atrás varios siglos de esclavitud en tierras egipcias. Los soldados del faraón se acercaban peligrosamente, amenazando a los tuyos con ser empujados a una muerte segura en las temibles aguas del mar Rojo. Decidimos darte una mano. Durante la noche más crítica de aquella huida desesperada, nuestra nave creó las condiciones atmosféricas necesarias para ejercer un control sobre las aguas en el punto más estrecho de este mar interior, entre el noreste africano y la península arábiga, donde apenas unos cuatro kilómetros separan las orillas opuestas. Dirigimos hacia esa área vientos con la fuerza necesaria para crear un pasaje terrestre de dos kilómetros de ancho que sirvió como ruta de escape. Tras varias horas de caminata forzosa sobre aquel lecho húmedo y fangoso, y cuando ya todos —más de medio millón de personas— estaban a salvo, detuvimos la manipulación de los vientos, lo que hizo que las aguas del mar se cerraran con violencia sobre los soldados egipcios que se habían aventurado en la persecución.

»A lo largo de varios lustros seguimos de cerca tu lenta travesía por el desierto. Sabíamos que existía la posibilidad de que los Obscuros mantuvieran sobre ti una vigilancia continua y permanecimos ocultos, a la espera de una oportunidad. Te vimos liderar, sin desfallecer, a la multitud exaltada y hambrienta hacia *la tierra prometida,* ese lugar escogido para tu pueblo, según creencias antiguas circulantes, por un ser superior, omnisciente, omnipotente y omnipresente que a través de ti se comunicaba con ellos, en mensajes llenos de enseñanzas y exigencias, que aparecían como una voz en tu cabeza y que tú ibas plasmando en papiros, cada día más abultados, con las técnicas de escritura rudimentarias de la época. Fue así como te erigiste en *el gran legislador,* de la mano de aquel dios con el que además tuviste un encuentro personal en lo alto del monte Sinaí. El mismo de cuyas sagradas manos recibiste un código moral, grabado en un par de planchas de piedra, para que, en su nombre, lo entregaras a los tuyos.

»Terminaste de escribir el Pentateuco y lo dejaste, para bien o para mal, como un legado para las generaciones futuras. A partir de entonces —como te ha sucedido con otras cosas, como *los Elementos de Euclides*—lo has encontrado repetidamente en tu camino, en hebreo y en otros idiomas a los que fue traducido con el paso del tiempo, en las biblias de cuanta religión te ha sido impuesta en nombre de alguna arraigada tradición de los distintos lugares donde has nacido, sin sospechar siquiera que fuiste la fuente —manipulada— de aquellas fantásticas historias. O has tenido que soportarlo resonando en tu cabeza con la misma intensidad de la primera vez, como una grabación molesta e interminable. Y porque, a fin de cuentas, es lo único que realmente es: una grabación sonora implantada en tu memoria.

»Esto lo descubrimos cuando, hacia el final de esa vida, solitario y enfermo, abandonado a tu suerte sobre las arenas hirvientes de aquel desierto, olvidado por todos aquellos a quienes con tanto desinterés ayudaste y castigado por ese dios a quien tan ciegamente obedeciste, el cual te prohibió la entrada a esa tierra prometida que lograste alcanzar para todos, decidimos correr el enorme riesgo de traerte al interior de la nave. Podríamos haberte rescatado simplemente como *Esencia de Vida*, pero necesitábamos ayudarte a recuperar tu memoria, perdida desde hacía mucho tiempo y las técnicas a nuestro alcance para el logro de ese fin solo eran eficaces si estabas en posesión de un cuerpo y en pleno control de todos tus sentidos. Por lo tanto, nos dimos primero a la tarea de hacer que tus funciones físicas alcanzaran un mínimo de normalidad. Te hidratamos, te alimentamos y te dimos muchas horas de descanso, hasta que despertaste de nuevo en aquel cuerpo, prematuramente envejecido, como todos los de la Tierra. No tenías más de ciento veinte años, sin embargo, parecías un anciano de mil.

Superada la conmoción inicial del nuevo entorno que te rodeaba —¡estabas en una nave espacial!— y establecido el hebreo como código de comunicación, nos pusimos manos a la obra. Respondiste bien desde el principio. Poco a poco, tus recuerdos más ocultos comenzaron a ponerse al descubierto como también las razones que hacían que permanecieran así.

»Muy pronto se abrieron ante ti, nítidas, las imágenes de tu ascenso al monte Sinaí —cuyos pormenores nos ibas narrando—, guiado por una voz interna que desde niño habías escuchado: *la voz de Dios*, con quien tenías programado un encuentro en lo alto de la montaña.

»¿Recuerdas cómo lucen los Obscuros, Albert?

La pregunta de mi madre, que sigue sentada en la misma posición sobre la cama, me saca de una repentina somnolencia. Por la ventana de la habitación, a través de las cortinas entreabiertas, se asoman las primeras sombras de la noche.

—Por supuesto que no —continúa, con una certeza que me impresiona—. ¿Cómo habrías de aceptar como recuerdo algo que ni siquiera imaginas que existe? Si te llegara una imagen de estas, de inmediato la rechazarías. Tu incredulidad es la mejor prueba de que han logrado su objetivo.

»Te lo pregunto porque, según tu propia narración de los hechos, fue exactamente *eso* lo que hallaste en lo alto del Sinaí: una nave de los Obscuros. No tuviste tiempo de reaccionar ni de sacudirte la enorme sorpresa que te causó el inesperado espectáculo de aquellos seres espeluznantes de cuerpos delgados, cabezas ovaladas y lampiñas, y grandes ojos oblicuos de color negro. Te pusieron de inmediato en un profundo estado de inconsciencia mediante la introducción de una potente droga de acción instantánea en tu sistema. Al despertar, te diste cuenta de que tu cuerpo descansaba sobre una plataforma metálica y de que había sido conectado —lo dedujimos de tu explicación— a una fuente de alto voltaje. La corriente, al circular, te produjo un leve cosquilleo, que aumentó gradualmente, hasta que la sensación se hizo insoportable. Una voz masculina que narraba historias de carácter religioso retumbaba en el ambiente. La reconociste de inmediato: era la misma que te había acompañado dentro de tu cabeza desde que tuviste uso de razón, *la voz de Dios.*

»Te alimentaban de manera intravenosa y estabas expuesto, día y noche, a la acción de la corriente y a la de la voz de aquella tortuosa e impuesta divinidad. "En el principio, Dios creó los cielos y la tierra..." era el comienzo de la interminable banda sonora que golpeaba tus tímpanos todo el tiempo. Recibiste también, por ese medio, órdenes de alabanza y adoración a un dios artificial, rencoroso y vengativo que tomaría en lo sucesivo el control total de tu existencia. Sus amenazas infundían en ti un gran temor. Cuando sentías que contravenías sus mandatos, es decir, cada vez que "pecabas", su reacción no se hacía esperar: su castigo te llegaba de inmediato en la forma de un incómodo y creciente cosquilleo que pronto se hacía intolerable, y tu cuerpo se sacudía con violencia. Al recuperar el sentido, tenías la inequívoca impresión de haber sido alcanzado por el "rayo de la ira divina".

»Habiéndote sometido durante varias semanas a esta tortura, los Obscuros te enviaron de regreso con un par de planchas pétreas bajo el brazo y la misión de consolidar las bases religiosas entre tu gente. A partir de ese momento tu pueblo estuvo demasiado ocupado tratando de satisfacer las exigencias de aquel dios como para darse cuenta de la realidad de las cosas.

»Otro recuerdo que recuperaste fue el de haber estado antes en una de sus naves. Te raptaron a muy corta edad e instalaron en el interior de tu cabeza un dispositivo microscópico que sería activado años más tarde. La *voz de Dios* te daba instrucciones frecuentes y se convirtió en una guía que no podías rehusarte a obedecer. También recordaste una orden más antigua sobre "ir a la Luna" cada vez que murieras.

»Cuando nos enteramos de su existencia, localizar y desactivar aquel dispositivo se volvió nuestra mayor prioridad, pero reaccionamos demasiado tarde. El diminuto mecanismo permitió que fuéramos rastreados por el enemigo y su ataque nos cogió por sorpresa. Perdimos la vida de forma instantánea y fuimos absorbidos, con premura, en nuestro estado nativo de *Esencia de Vida*, por las trampas luminosas de las naves de los Obscuros. Luego nos suministraron el tratamiento estándar de borrado de memoria en su base de la luna terrestre y nos pusieron en distintos lugares del planeta, donde iniciamos el presente ciclo de vidas fugaces propio de este lugar, del que aún no logramos liberarnos.

»Así fue como descubrí que *no hay cárcel más poderosa que el olvido*. No tratas de escapar de un atrapamiento que no reconoces como tal.

41
La misión continúa

1920-

—Desde este corto paréntesis de cordura, quiero decirte que la misión que nos trajo originalmente a la Tierra nos mantiene todavía unidos y activos a tu alrededor. Ya habrás notado que tienes grandes enemigos. Créeme si te digo que ha sido así desde tiempos remotos. Te acechan desde las esquinas más inesperadas de la existencia y te hacen blanco de sus ataques irracionales. Pero también cuentas con el apoyo de los veinticinco miembros de la tripulación de aquella nave: doce hombres y trece mujeres que vinieron con el propósito de rescatarte. Aunque hemos perdido, como tú, la continuidad de nuestras memorias, mantenemos de forma instintiva el propósito de ayudarte y protegerte. No siempre hemos llegado a tiempo cuando has estado en apuros, pero en innumerables ocasiones hemos estado cerca, acompañándote. Nuestros caminos se han cruzado muchas veces. Hemos sido tus amigos, tus hermanos, tus compañeros. Personalmente, como comandante de la misión, he estado a tu lado como novia, amante y esposa. Pero, sobre todo, he sido muchas veces tu madre. ¿Recuerdas esto? —me pregunta.

Al mismo tiempo, hace algo extraño que me estremece: coloca su mano izquierda contra el pecho en posición vertical y, sobre ella, horizontalmente, la derecha, haciendo el mismo símbolo con el que, en medio de una gran pesadumbre, se despedía aquella mujer de su hijo crucificado en mi visión de tres años atrás.

Tras el salto que doy, producto de la sorpresa, respiro profundamente y me acomodo de nuevo en la silla. Este símbolo me mantuvo intrigado por mucho tiempo. Era una especie de *T*, pero ¿qué significaba? Al final, había terminado olvidándome del asunto.

—Vi algo parecido en un sueño que tuve —me animo a responderle—. ¿Sabes lo que representa?

—Es la señal que nos identifica como ciudadanos de Tannus —aclara, y una vez más parece leer mi pensamiento—: Cuando me alejaba de aquella horrenda cruz, sentí tu mirada sobre mi espalda. Percibí por un instante la vibración de tu ser, como *Esencia de Vida*, inmortal y poderosa, y entré en un momento de lucidez como este, en el que se abrieron de par en par los registros ocultos de mi memoria. Aproveché entonces para enviarte una señal con la esperanza de que me reconocieras, de que supieras que ese no iba a ser nuestro último encuentro, sino que vendrían muchos más, como, en efecto, sigue sucediendo. Quiero que sepas que a la mayoría de los habitantes de la Tierra nos pasa lo mismo: vivimos esporádicos instantes de lucidez en los que recuperamos retazos de la memoria perdida. Son *flashes* que nos llegan en forma de situaciones que resultan familiares, aunque estemos seguros de que es la primera vez que se nos presentan. Los llamamos *déjà vu*. Sin embargo, casi todos los rechazan por considerarlos irreales. Tienden a no mencionarlos siquiera. Saben que podrían ser tachados de locos o terminar recibiendo tratamiento en instituciones mentales, pues según los *expertos* en esa área de la salud —ese grupo en el que parece estar incluido parte del paquete criminal puesto aquí por los Obscuros—, estos son signos claros de demencia.

Mi mente de científico, entrenada para dudar de la validez de esta clase de afirmaciones, toma de nuevo el comando de mis pensamientos. Concluyo que la única razón por la que he soportado sin protestar este largo monólogo de mi madre es porque sé que quizás esto sea lo último que vaya a escuchar de sus labios. A pesar de mostrar algunas coincidencias, rechazo la veracidad de esta historia y la asimilo como un producto de su imaginación, exacerbada por la acción de las medicinas que le han suministrado para suavizar el dolor.

Me levanto de la silla, me acerco y le doy un beso cariñoso en la frente. Luego, con suavidad, la ayudo a cambiar la posición de su cuerpo en la cama y le pido que descanse. Regreso a la silla y cierro los ojos. El sueño y el cansancio ya amenazan con vencerme cuando su voz llena de nuevo aquel espacio, en medio de las sombras de la noche.

—Te voy a contar un secreto, Albert.

Permanezco en silencio y la escucho atento durante un rato hasta que su voz comienza a sentirse lejana y termina apagándose por completo, momento en el cual caigo en un sueño profundo.

La voz de Maja me despierta a la mañana siguiente. La luz intensa que entra por la ventana, cuyas cortinas han sido abiertas, lastima mis ojos. Miro hacia la cama y la encuentro vacía.

—Se la acaban de llevar —dice mi hermana, con los ojos llorosos, ante mi cara de asombro—. No quise despertarte; sé que pasaste la noche con ella. Mientras descansabas, me tomé la libertad de dar la orden de iniciar los preparativos para su funeral.

—Está bien —le digo.

Maja se queda en silencio. Luego deja salir aquel pensamiento que parece estar revoloteándole dentro de la cabeza como una mariposa.

—Esta mañana, cuando entré al cuarto, nuestra fallecida madre estaba bocarriba en la cama, con una apacible sonrisa en sus labios, y con sus manos hacía un símbolo para mí desconocido: una especie de letra *T*. Por más que intenté colocarlas de manera diferente y dejarlas reposar sobre su pecho, siempre regresaban a la misma posición. Me temo que tendremos que enterrarla así. ¿Tienes alguna idea del significado de ese símbolo, Albert?

—En absoluto —me apresuro a responderle.

42
Comienza el ascenso de Hitler

1920-

Noticias

El resentimiento por la pérdida de la guerra y la severidad de los términos de paz impuestos por el Tratado de Versalles se suman a los problemas económicos, lo cual provoca un descontento general entre la población alemana. La situación política entra en una era de gran inestabilidad.

Entretanto, Adolf Hitler es nombrado jefe de propaganda del Partido Obrero Alemán, que este año cambia de nombre a Partido Nacionalsocialista Obrero Alemán, también conocido como el partido nazi. El grupo político es antimarxista y se opone abiertamente al Tratado de Versalles y al Gobierno de la República de Weimar. Además, defiende el nacionalismo extremo, el pangermanismo y el antisemitismo.

43
Primer viaje a los Estados Unidos

1921

El 2 de abril llego *por primera vez,* a los Estados Unidos en compañía de Elsa y de mi buen amigo Chaim Weizmann, quien fue nombrado en días recientes como presidente de la Organización Sionista Mundial. Nuestra visita tiene por finalidad recaudar fondos para la creación de la Universidad Hebrea de Jerusalén, aunque también es parte de una larga gira de difusión de mis descubrimientos científicos y de apoyo a la causa del pueblo judío en su incesante anhelo de establecerse como un Estado independiente.

El 5 de abril, al mediodía, Elsa y yo nos encontramos en los jardines de la Casa Blanca posando para una fotografía junto al presidente de los Estados Unidos, Warren G. Harding, y su esposa, Florence. Nos acompañan otros miembros del Gobierno. Mientras nos acomodamos para la foto, sucede algo repentino que me hace perder el sentido de la realidad por unos instantes: encuentro muy familiar el ambiente que nos rodea y me veo, en otra época, abordando un carruaje en la entrada principal de la mansión presidencial, en compañía de una mujer. Es de noche. Hacemos una parada para recoger a una joven pareja; el hombre luce un uniforme de gala azul. Quince minutos después, llegamos a un teatro. Los asistentes aplauden a nuestro paso y siguen haciéndolo mientras nos acomodamos en un palco del segundo piso. La comedia que se representa en el escenario me hace reír a carcajadas. De pronto escucho un estallido cercano y siento que algo quema mi cuello y lo penetra, cerca de la oreja izquierda. Enseguida me pierdo en un mundo de tinieblas, del que me rescata —como siempre— la voz de Elsa.

—¿Te sientes bien? —me pregunta extrañada, pues terminada la fotografía todos se han movido al interior de la mansión y yo he permanecido en aquel sitio, con la mirada perdida entre los árboles.

Aquella noche, después de cenar, tal vez recordando el incidente de la *levitación* de hace cuatro años y mi recurrente obsesión con la Semana Santa, Elsa no puede evitar hacerme el siguiente comentario:

—¿Sabías que al presidente Lincoln le dispararon un Viernes Santo y que, antes de morir, las últimas palabras que dirigió a su esposa fueron que quería conocer Jerusalén?

Le respondo con uno de mis consabidos silencios y pienso, para mis adentros, que no quiero saber de dónde ha sacado esa información.

Durante este primer viaje, que finaliza el 30 de mayo, doy varias conferencias sobre la teoría de la relatividad en la Universidad de Princeton, donde me honran con un nuevo doctorado *honoris causa*.

Noticias

La gran ambición personal de Hitler le crea roces con otros líderes, que tratan, en vano, de frenarlo. Como el futuro del partido depende de su habilidad para hacer publicidad y recoger fondos, su amenaza de renuncia termina despejándole el camino de forma definitiva. En el mes de julio se convierte en el único líder del nacionalsocialismo, con poderes casi ilimitados.

44
Obligado a ocultarme

1922

El 24 de junio asesinan a mi amigo —de origen judío— Walther Rathenau, quien desempeñaba el puesto de ministro de Asuntos Exteriores y era una de las figuras políticas más destacadas de la República de Weimar. Su homicidio es un claro síntoma de la campaña antisemita liderada por grupos extremistas de derecha, que ya por estos días se manifiestan con violencia y culpan a los judíos de la derrota de Alemania en la Primera Guerra Mundial.

A los pocos días, la policía viene a mi casa y me advierte que, por mi propia seguridad, debo dejar Berlín durante algún tiempo. Me veo entonces forzado a cancelar todas mis presentaciones públicas y, con prontitud, parto hacia un lugar desconocido. El 12 de agosto le escribo una carta a Maja desde mi escondite, al norte del país:

> He tenido que abandonar Berlín precipitadamente por amenazas contra mi vida. En mi casa no saben dónde estoy. Creen que me fui de viaje.
> Me hallo recluido, sin ruido y sin sentimientos desagradables. Gano dinero de forma independiente, sin recibir un sueldo de parte del Estado, por lo que considero que en verdad soy un hombre libre.

Te cuento que estoy bastante bien a pesar de que haya antisemitas entre mis colegas alemanes.

En este país se están gestando tiempos oscuros, económica y políticamente, así que estoy contento de poder alejarme de todo durante algún tiempo.

Estoy a punto de convertirme en una especie de predicador itinerante, algo para mí tan agradable como necesario.

No te preocupes por mí, yo tampoco lo hago.

En octubre, Maja y Paul dejan Lucerna y se van a vivir a Italia. Compran una villa en Quinto, un pueblo en la municipalidad de Sesto Fiorentino, en la provincia de Florencia. Les encanta la propiedad debido a su frondoso y colorido jardín, su huerta y sus gallinas. La llaman Villa Samos, en honor a la hermosa isla griega. El sitio pronto se convierte en punto de reunión de artistas e intelectuales, muchos de ellos de origen judío.

45
Premio Nobel de Física

1922-

A fines de este año me es otorgado el Premio Nobel de Física. En realidad, el galardon corresponde al de 1921, que en su momento fue declarado desierto.

Desde 1910 habia sido nominado sesenta y dos veces, la mayoría de ellas por la teoría de la relatividad. Sin embargo, el hecho de ser considerado por muchos un *físico teórico* había brindado a mis detractores las herramientas perfectas para un ataque efectivo. Después de todo, las reglas de la Academia Sueca establecen que el premio sea otorgado por trabajos con un valor práctico comprobado para el beneficio de la humanidad, y no había sido sino hasta el 29 de mayo de 1919, día de un eclipse solar, que los equipos de *sir* Arthur Stanley Eddington pudieron demostrar la teoría de la relatividad general *de forma práctica*. El anuncio con los resultados de las pruebas, hecho en Londres por la Royal Society —la Academia Nacional de Ciencias del Reino Unido—, aumentó mi prestigio en todo el mundo y sirvió para que renombrados científicos como Lorentz y Bohr, junto con otros nominadores oficiales de la Academia Sueca, apoyaran mi candidatura.

En 1920, el presidente del comité elaboró un informe explicando por qué yo *no merecía* recibir el premio Nobel de ese año. Citó para ello los argumentos del físico alemán de origen húngaro galardonado con el Premio Nobel de Física en 1905, el antisemita Philipp Lenard, quien había asegurado que los resultados del eclipse eran ambiguos y que «la teoría de la relatividad no está respaldada experimentalmente; se trata solo de una conjetura filosófica propia de la ciencia judía».

En 1921, la Academia le encargó la elaboración de un informe sobre mi candidatura a un célebre profesor de oftalmología, miembro del Comité Nobel de Física desde 1911: Allvar Gullstrand. Él resultó ser un eterno oponente a cualquier candidatura mía basada en la teoría de la relatividad.

Gullstrand carecía de un conocimiento sólido sobre el tema, lo que lo llevó a asegurar que «no debe otorgarse el honor del Nobel a una teoría tan extremadamente especulativa». Los miembros de la Academia aceptaron su opinión, por lo que decidieron dejar desierto el premio y aplazar su entrega para el año siguiente, lo cual era permitido por los reglamentos de la Fundación Nobel.

Durante el presente año, se incorpora por primera vez un físico teórico al comité del premio: Carl Wilhelm Oseen, que observa que «la relatividad, sin proponérselo, ha fomentado la controversia desde el primer momento de su aparición». Por tanto, propone que «se otorgue el Premio Nobel de Física de 1921 a Albert Einstein por su descubrimiento de la ley del efecto fotoeléctrico, que ha sido completamente comprobada en la práctica, y el de 1922, a Niels Bohr por su modelo atómico basado en la ley que explica el efecto fotoeléctrico».

El 10 de noviembre llega un telegrama con el anuncio a mi casa en Berlín, pero yo he partido con Elsa rumbo a Japón en un viaje planeado con anterioridad.

Un mes más tarde, el día oficial de la premiación, aún estamos en ese país, donde permanecemos hasta el 29 de diciembre.

46
Recogiendo el Nobel

1923

A nuestro regreso, Elsa y yo visitamos Palestina y estrechamos lazos con la comunidad hebrea israelí. Allá soy nombrado el primer ciudadano honorario de Tel Aviv.

En julio, viajamos a Gotemburgo, Suecia, con el propósito de recoger el premio Nobel. Mi eterno espíritu rebelde hace que el discurso de aceptación, en presencia del rey Gustavo V, sea sobre la teoría de la relatividad. Esto, según puedo apreciar, es del gusto de los asistentes.

Pongo el dinero del premio en una cuenta bancaria en Zúrich a nombre de Mileva Marić.

47
Manifiesto contra el servicio militar obligatorio

1925

Durante los primeros meses de este año viajo por Sudamérica. Visito Brasil, Uruguay y Argentina. Elsa se queda en casa con Ilse y Margot. Aprovecho para escribirles extensas cartas desde cada puerto donde atraca el buque, en las que narro detalladamente la vida y las costumbres de estos exóticos destinos.

Poco después firmo, junto a Mahatma Gandhi y un grupo destacado de filósofos e intelectuales, un manifiesto contra el servicio militar obligatorio y el sistema militar:

> En nombre de la humanidad,
> por el bien de todos los civiles amenazados por crímenes de guerra,
> especialmente mujeres y niños,
> y en beneficio de la Madre Naturaleza
> que sufre los preparativos de guerra y la guerra:
> nosotros, los abajo firmantes, abogamos por la abolición universal del servicio militar obligatorio, como un paso importante y decisivo hacia el desarme completo [...].

En abril me convierto en miembro del consejo administrativo de la Universidad Hebrea de Jerusalén.

48

Cena con Sigmund Freud

1926

Sigmund Freud está de visita en Berlín; vino en compañía de su esposa Martha a pasar los últimos días del año en casa de su hijo Ernst. Nos ha extendido una invitación para cenar como muestra de agradecimiento por una carta de felicitación que le envié en mayo debido a su septuagésimo cumpleaños.

Elsa y yo llegamos poco después de las seis. Desde nuestro primer apretón de manos, el doctor Freud deja establecido que no se hablará de *temas científicos* durante la cena.

—¡Sé tanto sobre la teoría de la relatividad como usted del sicoanálisis, profesor Einstein! —me dice con una sonrisa.

Asiento con un movimiento de cabeza, aunque estoy en desacuerdo con su observación, que encuentro ligeramente sarcástica. Yo sí tengo alguna experiencia directa —y bastante amarga, por cierto— con las enfermedades mentales y sus tratamientos, incluyendo el sicoanálisis.

Aún no me convence la efectividad de su trabajo, que sigo con cierta regularidad en publicaciones alemanas. No obstante, lo reconozco como un judío influyente, con un gran potencial para ayudar en el avance de la causa sionista. Por esa razón acepté su invitación y decidí ir a verlo en persona por primera vez.

La velada transcurre sin contratiempos. El doctor Freud y su esposa, así como su hijo y su nuera, son personas cultas, de charla fácil y agradable.

Me sorprende en extremo enterarme de que a Sigmund Freud le apasiona —como a Kafka y a mí— la obra de Cervantes. Es tal su devoción por el escritor español que ha estudiado su idioma para poder disfrutar de *Don Quijote de la Mancha* en su versión original. Este descubrimiento suaviza mi actitud hacia él, un tanto áspera hasta entonces. Aprovecho para contarle que a Franz Kafka le impactó de tal manera Sancho Panza que, antes de morir, quizás en cumplimiento de una promesa hecha en una de nuestras reuniones de los martes en el café Louvre de Praga, escribió un relato breve y lo puso como protagonista.

Terminada la comida, pasamos a una sala amplia e iluminada. Elsa, sin haberlo consultado previamente conmigo, aprovecha la oportunidad para conocer la *opinión profesional* del doctor Freud acerca de una inquietud personal. Él, gustoso, acepta escucharla. Se disculpa diciendo que no tardarán y la hace pasar a otra habitación. Mientras tanto, yo continúo conversando con su esposa y el resto de la familia.

Son casi las diez al momento de despedirnos. Ya en el auto, de regreso a nuestra casa, le pido a Elsa una explicación.

—No podía perder la oportunidad de preguntarle a un experto —dice un poco a la defensiva.

—¿Experto en qué? —me apresuro a preguntarle.

—En la mente. En el comportamiento de las personas.

—¿Le has hablado de Eduard?

—No, le he hablado de ti.

—¿De mí? —pregunto asombrado—. ¿Qué podrías decirle de mí a alguien como Freud?

—Le hablé de lo que ocurrió hace nueve años.

—¿Le contaste que estuve enfermo?

—Sí, pero lo que me interesaba era su opinión sobre lo que vi cuando entré en tu habitación aquella tarde.

—¡Elsa, hemos hablado muchas veces de ese tema! —exclamo algo exasperado—. Te he dicho con claridad que no quiero correr el riesgo de que estas cosas se hagan públicas. Sabes lo que pasaría con mi reputación.

—¡No se lo había dicho a nadie! —dice a manera de disculpa—. Necesitaba quitármelo de encima.

Respiro profundamente tratando de relajarme. Ese y otros sucesos extraños que me han sucedido a lo largo de la vida —incluyendo el fantástico relato de mi madre en la víspera de su muerte—, para los que no tengo una explicación lógica, los he colocado dentro de un baúl imaginario, en el que permanecerán hasta que encuentre una forma racional de interpretarlos.

—¿Qué dijo Freud? —inquiero entre molesto y curioso.

—Que debemos ir a verlo a Viena para una consulta —me responde con un aire de aflicción.

—¡¿Que yo vaya a verlo a Viena?! —pregunto incrédulo—. No voy a hablar con nadie de ese asunto. ¿Sabes, además, lo que Freud y su famoso sicoanálisis han hecho por Eduard? ¡Nada! ¡No le han servido para nada!

—No, querido —finaliza Elsa, derrotada—. Quiere verme a mí. Desea indagar a fondo, en mi niñez, acerca de estas visiones.

49
La mecánica cuántica

1926-

Werner Heisenberg, Max Born y Erwin Schrödinger, entre otros, realizan avances significativos en el campo de la mecánica cuántica.

Mi conmoción comienza cuando Heisenberg introduce, el año anterior, ecuaciones matriciales que eliminan todo elemento newtoniano de espacio y tiempo de cualquier realidad subyacente. Más tarde, Born propone que la mecánica cuántica debe entenderse como una probabilidad, sin explicación causal que la respalde. A él le expreso, por escrito, mi inconformidad:

> La mecánica cuántica es ciertamente imponente, pero una voz interior me dice que todavía no es real. La teoría expresa mucho, pero en realidad no nos acerca más al secreto del *Viejo*. Yo, en cualquier caso, estoy convencido de que Él no tira los dados.

50
Teoría del campo unificado

1927

Entro en una serie de debates públicos con mi gran amigo Niels Bohr en relación con la nueva visión de la mecánica cuántica. Para Werner Heisenberg y Max Born, la revolución había llegado a su fin y no se necesitaba ir más allá. Esta perspectiva fue aceptada y después defendida por Bohr. Yo todavía sostengo que no existe un modelo que muestre las causas subyacentes de estos métodos estadísticos aleatorios.

Tomo entonces la decisión de concentrar todos mis esfuerzos en unificar en un solo esquema los campos gravitatorios y electromagnéticos del universo, ya que siempre he considerado que el comportamiento de todas las cosas que lo integran, sean las partículas subatómicas o las más grandes estrellas, debe regirse por leyes comunes.

A este proyecto todavía desconocido le doy el nombre de *teoría del campo unificado.* Tengo la plena seguridad de que resolverá una gran cantidad de interrogantes y eliminará los elementos arbitrarios introducidos en el campo de la mecánica cuántica.

51
Entrevista a Helen Dukas

1928

Elsa y Margot me han ayudado durante mucho tiempo a poner orden al flujo constante de mi correspondencia y a mi creciente cantidad de escritos de carácter científico. Pero Margot tiene alma de artista y desea dedicar más tiempo al estudio de las artes plásticas. Elsa, que ha conocido recientemente a la familia Dukas, me habla de Helen, la hija mayor, que ayudó en la crianza de sus hermanos tras la muerte temprana de su madre. Me cuenta que asistió a la Escuela de Educación Superior para Niñas en Friburgo y que ha trabajado varios años como secretaria de una editorial, lo que hace de ella la persona idónea para encargarse de todos mis asuntos.

El 12 de abril, Helen se presenta en nuestra casa para ser entrevistada por Elsa. Al día siguiente, se encuentra conmigo. Las dos reuniones resultan positivas y nos permiten apreciar sus cualidades, por lo que decidimos contratarla.

52
La depresión de Eduard

1930

Recibo con mucha alegría la noticia del nacimiento de mi primer nieto, Bernhard Caesar, hijo de Hans Albert y su esposa Frieda.

Eduard ya tiene veinte años. Le gustan la música y la poesía. Estudia Medicina en Zúrich, pues desea convertirse algún día en siquiatra. Pienso que este anhelo podría ser, en realidad, una secuela de sus frecuentes visitas a sanatorios mentales desde su niñez y de los *tratamientos* que en ellos ha recibido. Desde una edad muy temprana, en contra de mis recomendaciones, Mileva puso a Eduard bajo el cuidado de siquiatras porque encontraron que padecía, como ella, de *profundas depresiones.*

Después de varios años siguiendo de cerca los padecimientos de mi hijo —a quien acompañé algunas veces durante sus estancias en esos lugares a los que ha ido a parar la mayor parte del dinero del premio Nobel—, tengo la dolorosa certidumbre de que nadie puede, en este momento, hacer algo efectivo para ayudarlo. No existe en parte alguna una descripción racional de las causas de su enfermedad ni mucho menos un procedimiento apropiado para revertirlas.

A mediados de marzo recibo una llamada de Mileva. Me dice muy angustiada que Eduard trató de suicidarse. Viajo a Zúrich de inmediato.

53
Segundo viaje a los Estados Unidos

1930-

En diciembre regresamos a los Estados Unidos. Vamos a Pasadena y a Nueva York, y aprovechamos la oportunidad para hacer una corta visita a la isla caribeña de Cuba. La razón principal de la travesía es que me invitan a una estadía de investigación en el Instituto de Tecnología de California (Caltech).

Estando en Nueva York, afianzo mi posición de pacifista al declarar que «si el dos por ciento de los jóvenes llamados al servicio militar se negaran a luchar, los gobiernos quedarían impotentes, ya que no podrían encarcelar a tanta gente». Además, insto a que los objetores de conciencia sean protegidos por la comunidad internacional y argumento que «la paz, la libertad de los individuos y la seguridad de las sociedades solo se pueden lograr mediante el desarme. La alternativa es la esclavitud del individuo y la aniquilación de la civilización».

54
Cien autores contra Einstein

1931

En marzo regresamos a Alemania, donde encuentro que se ha publicado un libro titulado *Cien autores contra Einstein*. ¡Jamás vi una colección tan grande de malentendidos acerca de la teoría de la relatividad y de ataques personales disfrazados de debate científico! Percibo en el fondo del asunto una arremetida de tipo racista, manipulada por extremistas de derecha.

Cuando un grupo de verdaderos científicos me pregunta al respecto, solo atino a responder:

—¿Por qué cien? Si estuviera equivocado, uno solo habría sido suficiente.

55
Aroma de violetas silvestres

1931-

Elsa y yo pasamos el verano en nuestra casa de campo en Caputh. Un día, le digo que aún percibo en ella aquel aroma de violetas silvestres que me encanta, pero que la situación parece haberse modificado: ahora es ella quien me transporta a los jardines primaverales de mi adolescencia en Múnich, en los que buscaba su presencia con tanta desesperación.

—Eres un romántico, Albert —me dice dejando que su mano se pierda con cariño entre la selva exuberante de mi cabello.

56
El partido nazi domina

1932

La situación política en Alemania empeora drásticamente. Con métodos poco ortodoxos, el partido nazi, liderado por Adolf Hitler, ha logrado convertirse en el grupo político dominante del país.

Descubro, alarmado, que mi nombre hace parte de una intensa campaña antisemita que se propaga con rapidez.

57
Visita a Eduard

1932-

En marzo visito de nuevo a Eduard, recluido desde hace varios meses en Burghölzli, un sanatorio psiquiátrico de Zúrich. Un sentimiento de total impotencia se apodera de mí. Nunca, desde que me enteré de su existencia un par de años atrás, acepté el tratamiento por electrochoque como una terapia real. Más bien, me parecía que el equilibrio mental y la estabilidad emocional de Eduard empeoraban después de cada sesión. Además, estaban los barbitúricos, a los que mi hijo era adicto desde hacía mucho tiempo.

Me había opuesto a continuar sometiéndolo a esta clase de torturas, pero él no vivía conmigo y esos *profesionales* habían convencido con facilidad a su madre para que les permitiera continuar con su *tratamiento*. Para colmo de males, Eduard me acusa de ser el responsable de su penosa condición, algo en lo que —muy a mi pesar— estoy de acuerdo hasta cierto grado, quizás por el sentimiento de culpa que me produce el haberle privado de mi presencia desde que era un niño.

—Te odio, papá —me dice al despedirnos.

A partir de ese momento mantenemos una comunicación frecuente por escrito, pero los nefastos acontecimientos que se ciernen sobre el planeta y cuyo punto de origen es el país donde nací habrían de poner una gran distancia entre nosotros. Nunca más volvemos a vernos.

58
¿Es esto una inquisición?

1932-

En mis viajes al extranjero son siempre los funcionarios de las compañías navieras quienes se encargan de los trámites concernientes a los documentos —como visas o permisos de entrada— exigidos por los países que visito. Por esa razón, se me hace muy extraño que, en esta ocasión, cuando me preparo para mi tercer viaje a los Estados Unidos y Elsa ya tiene listos seis baúles, recibo una llamada del consulado general en Berlín, en la que me invitan a visitar sus instalaciones para una entrevista personal. Me dicen que debo responder una serie de preguntas de rutina, relacionadas con la expedición de la visa. Les digo que estoy muy ocupado y que preferiría que me enviaran el documento a mi casa, pero las autoridades consulares insisten en que me presente en sus oficinas, ubicadas en el centro de la ciudad.

Voy al consulado el 5 de diciembre, antes del mediodía, en compañía de Elsa. Un asistente nos dice, con mucha cortesía, que el cónsul general está fuera de la ciudad, pero que ha dejado instrucciones claras acerca de nuestra visita. Me extienden entonces un cuestionario que, según me informan, deben llenar todos los extranjeros que se dirigen a los Estados Unidos.

Algunas de las preguntas comienzan a irritarme:

—¿Cuál es su credo político?

120

—Bueno —respondo después de pensarlo con cuidado—, no lo sé. ¡No puedo responder esa pregunta!

—¿Es usted miembro de alguna organización?

Miro a Elsa en busca de ayuda mientras paso una mano por mi cabello.

—¡Oh, sí, soy un detractor de la guerra! —respondo con alivio.

—¿Cuál es el propósito de su visita a los Estados Unidos?

¡Al fin, una fácil!

—Voy a hacer algo de trabajo científico.

Terminado el cuestionario, un poco molesto les pregunto—: ¿Creen ustedes, caballeros, que tengo que ir a los Estados Unidos? Yo no lo considero necesario.

Después viene la entrevista con el vicecónsul:

—¿A qué partido político pertenece usted o con cuál simpatiza? —pregunta observando cuidadosamente mi reacción. Luego, ante mi silencio, remata—: Verá, profesor, cuando las personas tienen ciertas creencias políticas se hace difícil, si no imposible, otorgarles una visa. ¿Es usted comunista, por ejemplo, o anarquista?

No puedo contener más mi indignación:

—¡¿Qué es esto?! —pregunto al borde del estallido—. ¿Una inquisición? ¿Un intento de artimaña? No estoy dispuesto a responder preguntas tan tontas. Yo no pedí ir a los Estados Unidos. Sus paisanos me invitaron. Sí, me rogaron. Y si debo ingresar a su país como sospechoso, entonces no deseo ir en absoluto. Si no quiere darme la visa, por favor, ¡dígalo! Así sabré dónde estoy parado.

Al final, no puedo evitar preguntarle—: ¿Esto lo hace usted por iniciativa propia o está actuando bajo las órdenes de sus superiores?

Después de varios minutos de tan absurdo interrogatorio —en ese instante me viene a la memoria mi viejo amigo Franz Kafka—, tomo mi sombrero y mi abrigo, y muy alterado, abandono con Elsa el lugar.

Yo jamás he ocultado mis inclinaciones pacifistas, pero no soy —y nunca he sido— comunista. Incluso decliné invitaciones recientes a dar conferencias en Rusia porque no quise dar la impresión de que albergo algún tipo de simpatía por el régimen de Moscú.

Al llegar a casa, todavía enojado, llamo al consulado y les doy un ultimátum:

—Si para mañana al mediodía no he recibido la visa para entrar a los Estados Unidos, cancelo el viaje.

Esa tarde desisto de seguir empacando las maletas y me voy con Elsa a nuestra casa en Caputh. Superado el disgusto y recuperado el buen humor que, por lo general, me caracteriza, le digo a mi mujer:

—¿No crees que sería gracioso que me nieguen la entrada a los Estados Unidos? ¡Todo el mundo se reiría de ellos!

Elsa hace un par de llamadas antes de irnos a dormir. Habla con los corresponsales del *New York Times* y de Associated Press (ap) en Berlín, y les cuenta, con lujo de detalles, lo ocurrido esa tarde durante la entrevista en el consulado. Les dice que yo no soy comunista ni anarquista, que no tengo filiaciones de carácter político. También les comenta que tiene seis baúles en casa esperando ser recogidos por la compañía naviera. Y agrega:

—Si no recibimos las visas mañana antes del mediodía, será el fin de nuestro viaje. Ciertamente, en el futuro no aceptaremos invitaciones para ir allá a menos de que se solicite una visa por anticipado. Esa escena en el consulado fue muy humillante, muy indigna, teniendo en cuenta la posición internacional de mi esposo.

Entonces suelta, como un comentario intrascendente, lo que dije acerca de que, si la visa me fuera negada, los Estados Unidos serían el hazmerreír del mundo.

Algún funcionario del Departamento de Estado ha de haber tenido aquella noche la misma impresión porque, al día siguiente, en una improvisada conferencia de prensa, se anuncia desde aquella agencia gubernamental que el cónsul general en Berlín, George Messersmith, que por aquellos días estaba fuera de la ciudad, «regresó súbitamente, revisó el caso de Einstein y está listo para expedirle una visa». La diferencia horaria entre los dos países sirvió para que, mientras nosotros dormíamos, los periodistas que hablaron con Elsa agitaran un poco las aguas del poder en Washington, al atardecer.

El 10 de diciembre navegamos rumbo a California.

59
Hitler es designado canciller

1933

En los primeros días de enero llegamos a Pasadena, donde doy una serie de conferencias acerca de la teoría de la relatividad en Caltech. Después nos dirigimos a Princeton.

Noticias

El 30 de enero, al cabo de muchas negociaciones, el presidente Von Hindenburg designa a Hitler como canciller. Él no pierde el tiempo: pronto reemplaza por funcionarios nazis a los gobernadores de los estados, elegidos hasta entonces por voto popular, toma el control de los sindicatos, y pone en desbandada a los partidos políticos de oposición. La persecución a los judíos no se hace esperar y se generaliza el uso de la violencia.

60
De regreso a Europa

1933-

A mediados de marzo, cuando nos enteramos de la gran agitación que sacude todos los rincones de nuestro país y haciendo caso omiso de las advertencias de allegados y amigos —tanto en los Estados Unidos como al otro lado del Atlántico—, Elsa y yo decidimos regresar a Europa. Durante la travesía nos llegan noticias alarmantes desde Alemania: los ataques virulentos contra mi persona y mi obra están a la orden del día. Califican a la teoría de la relatividad como *física judía* y en Berlín se organizan conferencias con el propósito de atacarla, apoyadas por un grupo de *científicos arios* entre los que se destaca Philipp Lenard. También realizan una quema pública de mis trabajos científicos. Nuestra vivienda en Berlín es allanada varias veces por la Gestapo y la casa en Caputh es blanco de saqueos y vandalismo. En ese momento tomo la penosa decisión de no pisar nunca más el suelo alemán.

—Mientras se me permita elegir —le digo a Elsa con mucho pesar—, solo viviré en un país en el que haya libertades políticas, tolerancia e igualdad para todos los ciudadanos ante la ley. Estas condiciones no existen hoy en Alemania.

Luego envío, desde el barco, mi carta de renuncia a la Academia Prusiana de las Ciencias en Berlín.

Atracamos en Amberes, Bélgica, a finales de marzo. A mi llegada, informo al consulado alemán en Bruselas acerca de mi decisión de renunciar a la ciudadanía —¡por segunda vez!— y les envío el pasaporte. Luego, bajo la protección de los reyes belgas, con los que mantengo una excelente relación, critico abiertamente las políticas represivas del Gobierno alemán, lo que intensifica su odio hacia mí. De inmediato, me presentan como un «símbolo de la degeneración judía» y se me acusa de traición. Me convierto en el enemigo público número uno del país. El Gobierno confisca mis cuentas bancarias y las de mi esposa, así como todas nuestras propiedades. La prensa me ataca con fiereza y un periódico de sesgo antisemita publica una fotografía mía bajo un gran titular que, en letras mayúsculas, reza:

AÚN NO AHORCADO

Por aquellos días aparecen varios informes de prensa que me muestran como el siguiente en una lista de objetivos de asesinato y que mencionan, además, que se está ofreciendo una fuerte suma de dinero por mi cabeza.

61
Refugio en los Estados Unidos

1933-

Pasados varios meses en territorio belga, el Gobierno de ese país nos informa que, debido a la situación política interna —cada día más inestable por los ataques alemanes—, no puede garantizarnos protección por tiempo indefinido. La mejor alternativa que se nos presenta es buscar refugio en los Estados Unidos, donde la Universidad de Princeton me ha ofrecido trabajo recientemente.

En septiembre parto a Londres cruzando el canal de la Mancha en una pequeña embarcación. Elsa y Helen Dukas vendrán a encontrarse conmigo un poco más adelante para emprender juntos el viaje.

Ha caído la noche cuando desembarco en tierra inglesa. Mi amigo, el comandante Oliver Locker, viene a recibirme y me informa que es necesario hacer un cambio de planes de último minuto: ya no iremos a Oxford. Protegidos por sus hombres de confianza, me lleva hacia un lugar desconocido mientras me pone al tanto de que un grupo de asesinos, enviados por Hitler, está al acecho para atentar contra mi vida en suelo británico. Transcurridas varias semanas de un aislamiento casi total, salgo de mi escondite y me dirijo a Londres, donde las dos mujeres me esperan.

El 3 de octubre aparezco en público como el orador principal de un evento en el Royal Albert Hall. Leo, ante más de diez mil personas, un discurso en el que abordo temas relacionados con la tolerancia y la justicia, y cómo salvar a Europa de la amenaza creciente del fascismo. Mi presencia es toda una pesadilla para los encargados de seguridad, que están al tanto de las amenazas contra mi vida.

El siguiente es un extracto de mi intervención:

> Me alegro de que me brinden la oportunidad de expresarles mi profundo sentido de gratitud como hombre, como buen europeo y como judío.
>
> Hoy no es mi tarea actuar como juez de conducta de una nación que durante muchos años me ha considerado como uno de los suyos.
>
> Me preocupa no solo el problema técnico de asegurar y mantener la paz, sino también las importantes tareas de la educación y la ilustración.
>
> Otras cosas que me preocupan son: ¿cómo podemos salvar a la humanidad y a sus adquisiciones espirituales, de las que somos herederos? ¿Cómo podemos salvar a Europa de un nuevo desastre?
>
> Lo que está en juego, en última instancia, es la libertad individual. Sin ella, no habría existido ningún Shakespeare, ningún Goethe, ningún Newton, ningún Faraday, ningún Pasteur y ningún Lister. No habría casas cómodas para las masas, ni ferrocarril, ni radio, ni protección contra las epidemias, ni libros baratos, ni cultura, ni disfrute del arte en absoluto. No habría máquinas para traer alivio a la gente del arduo trabajo, necesario para la producción de las cosas esenciales de la vida. La mayoría llevaría una vida

aburrida de esclavitud, igual que aquella que hubo bajo los antiguos despotismos de Asia. Son solo los hombres libres quienes crean los inventos y las obras intelectuales que hacen que, para nosotros, los modernos, la vida valga la pena.

Ya en dirección al continente americano, atravesando el Atlántico a bordo del Westernland, les digo a Elsa y a Helen:
—Nunca olvidaré la amabilidad de los ingleses.

El 17 de octubre estamos de regreso en los Estados Unidos, esta vez en calidad de refugiados. A los pocos días tomo posesión de mi nuevo puesto como profesor en el Instituto de Estudios Avanzados de Princeton, en Nueva Jersey.

Mis hijos permanecen en Europa. Me preocupa su bienestar y trato de que nuestra correspondencia sea lo más fluida posible.

62
Visita al presidente Franklin D. Roosevelt

1934

El 24 de enero, en horas de la tarde, en la habitación de un hotel ubicado en Washington D. C., nos preparamos para ir a la Casa Blanca a hacerle una visita al presidente Roosevelt y a su esposa, Eleanor.

La idea de la reunión se le ocurrió a la primera dama, quien, deseosa de conocernos, se dio a la tarea de organizar una velada privada. La invitación incluye pasar la noche en la mansión presidencial. Será nuestra segunda visita a la Casa Blanca, lo que tiene a Elsa muy orgullosa y animada.

—¡Mira lo que te compré! —dice muy alegre mientras me muestra un par de medias negras que acaba de sacar de su maleta—. Para una ocasión muy especial.

Yo la miro a los ojos, un poco desconcertado.

—Sabes que no me las voy a poner —digo sonriendo.

—Son muy suaves. Estoy segura de que no te maltratarán los pies.

—Olvídalo, querida. No querrás verme buscando algún rincón de la Casa Blanca donde pueda quitarme los calcetines —le expreso, dando por terminada la conversación.

Elsa se queda pensativa. Da la impresión de estar imaginando lo que acabo de sugerir: yo, totalmente despreocupado, despojándome de las medias delante de Franklin Delano y Eleanor Roosevelt.

—¡Tienes razón! —dice regresando con rapidez las prendas a la maleta.

Cuando llegamos a nuestro destino, el sol esconde sus últimos rayos durante el ocaso de la tarde invernal. El lugar despierta de nuevo en mí algunas sensaciones extrañas. Con ímpetu, se agolpan en mi cabeza las imágenes de carros tirados por caballos a lo largo de las calles que acabamos de recorrer y de soldados del Ejército de la Unión, que entran en tropel por la puerta principal del mismo edificio que hoy se levanta ante mis ojos.

Esta vez, el protocolo es menos riguroso. Bajamos de la limusina —deferencia de la primera dama— y el personal nos conduce sin demora a la residencia ejecutiva, donde una sonriente Eleanor Roosevelt nos da la bienvenida y nos hace pasar a un elegante salón en el segundo piso. Allá nos acomodamos a la espera del presidente. No transcurre mucho tiempo antes de que aparezca un jovial Franklin D. Roosevelt haciendo gala de su gran habilidad en el manejo de la silla de ruedas. Nos saluda en un alemán fluido, algo que no esperábamos y que nos deja gratamente sorprendidos.

Charlamos un rato sobre temas baladíes. Luego pasamos al comedor presidencial, donde nos sirven la cena. Elsa parece no tener problemas para comunicarse con Eleanor en inglés. Mientras tanto, yo converso en alemán con el presidente. Muy pronto estamos hablando como un par de viejos amigos.

En algún momento, antes de irnos a dormir, tocamos el tema de nuestra estadía en los Estados Unidos. El presidente nos informa que hay algunos congresistas dispuestos a presentar un proyecto de ley especial para entregarnos la ciudadanía estadounidense, lo que nos ahorraría el período normal de espera —cinco años—, y que él estaría dispuesto a firmarlo. Le agradezco su generosa oferta, pero le manifiesto que preferiríamos ser tratados como los demás solicitantes en todo lo relacionado con el tema inmigratorio.

Después de darle las buenas noches a la pareja presidencial, seguimos a un miembro del personal que nos conduce por el ala oriental del edificio hasta el dormitorio Lincoln, donde pasamos la noche. La habitación es bastante espaciosa: tiene un baño y una sala de estar que en otros tiempos solía ser la oficina de Abraham Lincoln.

No encuentro una razón lógica, pero algo en el ambiente, que no logro definir, me produce una gran incomodidad.

Cerca de las doce le doy un beso a Elsa y me dispongo a dormir.

A la mañana siguiente, mientras desayunamos, comento que tuve un sueño muy raro la noche anterior.

—¿Qué soñó, profesor? —pregunta Eleanor, curiosa.

—Fue algo muy real —le respondo—. En mi sueño, me despiertan unos sollozos. Me levanto de la cama y salgo al pasillo, en medio de la oscuridad. Allí el llanto se hace más fuerte; parece provenir de la planta baja. Desciendo lentamente las escaleras y busco el origen de tan tristes lamentos. Llego hasta un gran salón, donde muchas personas, vestidas de negro, lloran desconsoladas alrededor de un ataúd que descansa sobre una plataforma. Varios hombres uniformados custodian el féretro.

»—¿Quién ha muerto? —pregunto a uno de los soldados.

»—El presidente —me responde—. Lo han asesinado.

»Me asomo al ataúd y reconozco el rostro de Abraham Lincoln. ¡Y eso fue todo! —digo dando por terminado el asunto.

—Eso no fue todo, querido —dice Elsa en un tono misterioso.

Los anfitriones nos miran atentos.

—¿A qué te refieres? —le pregunto.

—Anoche, mientras dormías, estabas muy inquieto —continúa ella—. Parecía que tenías una pesadilla. De repente, saltaste de la cama y saliste al pasillo. Te seguí porque me di cuenta de que caminabas dormido. Fuiste hasta la planta baja y entraste a un salón. Te paraste en medio del lugar y permaneciste allí durante varios minutos, murmurando algo que yo no podía entender. Luego te agarré de una mano y te arrastré de regreso al dormitorio.

Me quedo mudo. A Elsa no le gustan las bromas pesadas, así que asumo que lo que acaba de contar sucedió en realidad.

—Esto es algo increíble, profesor —dice sonriendo el presidente.

—¿A qué se refiere? —le pregunto intrigado.

—A que ha tenido usted el famoso sueño de Lincoln —responde. Luego de una corta pausa, continúa—: Abraham Lincoln soñó algo parecido una semana antes de que lo asesinaran. Casualmente, su cuerpo fue velado en el salón oriental.

Antes del mediodía nos despedimos de los Roosevelt y subimos a la limusina que nos llevaría de regreso al hotel. Sin contar el incidente nocturno, pienso que hemos pasado unas horas maravillosas. Si Franklin D. —como afectuosamente me pidió que lo llamara— no fuera un hombre tan ocupado, nos veríamos con alguna regularidad, pues esas pocas horas alcanzaron para consolidar una verdadera amistad. ¡Qué gran diferencia hay entre este poder y el del país de donde vengo!

63
Se nos va Ilse

1934

Desde Francia nos llega la noticia de que Ilse —quien reside allá desde hace varios años— es una enferma terminal de cáncer, como lo fue mi madre. Es un golpe más a nuestra moral, ya bastante apaleada en los últimos tiempos. Elsa organiza el viaje con rapidez y se dirige a París a mediados de mayo. Allí se encuentra con Margot. Las dos permanecen al lado de Ilse hasta el 9 de julio, día en el que exhala su último suspiro. Veinte días más tarde, fatigada y enferma, Elsa está de regreso en Princeton.

Noticias

El 2 de agosto fallece el presidente alemán Paul von Hindenburg. Hitler, presuroso, declara la vacancia de la presidencia. Poco después se autoproclama presidente y fusiona sus nuevos poderes con los de la cancillería. Así concentra en sus manos el poder absoluto de todas las fuerzas del país. A partir de este momento muere oficialmente la República de Weimar y surge uno de los regímenes más sanguinarios de la historia: el Tercer Reich.

64
112 de la calle Mercer

1935

En agosto nos mudamos al 112 de la calle Mercer, en la ciudad de Princeton. Elsa está feliz de que tengamos nuevamente una casa de nuestra propiedad. Es de dos plantas y está muy cerca del instituto, lo que me permite caminar al trabajo por las mañanas.

Margot llega a los Estados Unidos y se viene a vivir con nosotros, lo que nos llena de alegría. Helen Dukas ocupa otro de los cuartos de nuestra residencia.

En septiembre le escribo a Hans Albert, radicado en Zúrich:

> Querido Albert:
> Tus cartas, y especialmente las fotografías, me produjeron una gran alegría. La primera no la respondí porque actualmente estoy tan en las garras del demonio matemático que no puedo escribir sobre temas personales en absoluto. Persigo objetivos tan desesperados que no me concento en nada de carácter contemplativo. Pero estoy muy contento de que el proyecto del que me hablaste esté avanzando y espero que se publique pronto. Me siento feliz de pagar por algo así, pero no por la casa de locos en la que tratan a Eduard. Estoy casi seguro de que el tratamiento del médico vienés es una simple

estafa y me encuentro muy sorprendido de que nadie en Zúrich esté impidiendo que tu madre se relacione con él y arruine aún más su situación financiera. ¡No me atrevo a pensar en lo que sucederá después de mi muerte!

Leí con cierta aprensión que hay bastante movimiento en Suiza, instigado por los bandidos alemanes, pero creo que incluso en Alemania las cosas están empezando a cambiar poco a poco. Esperemos que no tengamos antes una guerra en Europa.

El armamento alemán es extremadamente peligroso, pero el resto de Europa al fin empieza a tomarse el asunto en serio, en especial los ingleses.

A mí me va muy bien, aunque vivo en un retiro bastante laborioso y mi única diversión es la música, que es algo que disfruto.

Es probable que no vaya a Europa en un futuro cercano porque no creo estar a la altura del estrés que allí me espera.

Saludos cordiales y los mejores deseos para todos,

Tu papá.

Noticias

Hitler ratifica las Leyes de Núremberg, que despojan a los judíos de sus derechos como ciudadanos alemanes. Una de estas leyes los define como una «raza diferente» y les prohíbe casarse o tener relaciones sexuales con los «verdaderos alemanes».

65
La partida de Elsa

1936

Es 20 de diciembre.

Mi corazón está de luto.

Elsa nunca se recuperó del rudo golpe que representó para ella la partida de Ilse. Su salud se deterioró con rapidez desde ese momento. Hoy, en medio de la inmensa pena que me domina, me veo en la obligación de darle mi último adiós.

Un día me dijiste: «¡Me enamoré de ti desde esa primera vez que te escuché interpretar a Mozart, de una forma absolutamente maravillosa, con tu violín!». Y yo me enamoré de ti, mi amada Elsa, porque me embrujaste con tu aroma y porque estuviste siempre dispuesta a escucharme.

Descansa en paz, querida.

66
El racismo en los Estados Unidos

1937

Una de las cosas que más me impresionan de los Estados Unidos es el racismo, que percibo como una onda de tensión continua en el ambiente. Me doy cuenta, con mucho asombro, de que en Princeton los negros son tratados como ciudadanos de segunda clase a los que no se les permite beneficiarse siquiera de la escuela secundaria.

Recién llegado tuve la errada percepción de que esto era algo perteneciente al pasado, ya que habían transcurrido muchas décadas desde la abolición de la esclavitud. Suficientes, creí, como para honrar la memoria del presidente Lincoln —a quien siempre admiré— con una sociedad libre de tan repugnante flagelo.

En este punto decido emprender una nueva aventura: defender a las personas que son víctimas de discriminación debido al color de su piel. Cada vez que tenga la oportunidad, denunciaré el racismo públicamente.

En una visita reciente al teatro McCarter, la ilustre sala de conciertos de la ciudad, disfruto de un recital de la gran diva americana Marian Anderson. Después de su exitosa presentación, me entero de que la artista tiene problemas para conseguir alojamiento en el Nassau Inn, un exclusivo hotel de Princeton solo para blancos. Rápidamente le hago llegar una invitación para quedarse en nuestra casa. Ella, encantada, acepta. Helen y Margot están felices de recibirla. A partir de entonces nace entre nosotros una gran amistad que nos unirá durante mucho tiempo. En adelante, cada vez que Marian se presenta en Princeton, se aloja en nuestra casa de la calle Mercer.

67
¡Que vengan los gigantes!

1938

Voy al instituto todos los días. No paro de buscar una solución al problema del campo unificado, lo que me ha distanciado de gran parte del mundo científico con el que solía relacionarme. La mayoría de los físicos cree que esta teoría, en la que llevo varios años trabajando, no es más que una quimera. Pero antes de 1905, la relatividad y algunas otras teorías que desarrollé... ¡también lo eran!

A veces me despierto antes de lo acostumbrado y no puedo resistir la tentación de sumergirme en el mundo de don Quijote. Tomo el libro de mi mesa de noche, acomodo la almohada, me recuesto contra el espaldar de la cama y lo abro al azar. Después de media hora de lectura y de algunas sonoras y reconfortantes carcajadas, mi alma encuentra de nuevo el sosiego necesario para continuar con la aventura.

—¡Que vengan esos gigantes! —digo mientras me preparo para salir.

En las tardes suelo emprender largas caminatas por el vecindario. También visito con frecuencia un barrio aledaño donde solo viven personas de raza negra. Converso con los adultos y les obsequio dulces a los niños. Es un lugar muy pobre, de gentes humildes y afectuosas, rezagadas del progreso por los prejuicios raciales imperantes.

Pasado un tiempo, cuando me ven por los alrededores, me reciben con saludos efusivos.

Al anochecer, recibo en mi casa la visita de amigos, con quienes converso acerca de asuntos científicos o del accionar de Alemania desde que Hitler ostenta el poder. A veces vienen a verme simples desconocidos en busca de apoyo para diferentes causas, y aunque la de Israel y la de la paz son aquellas que siempre han generado el más entusiasta y sincero aliento de mi parte, la del antirracismo comienza a ganar un espacio importante en mi corazón.

68
Hans Albert en los Estados Unidos

1938-

Haciendo caso a mis consejos, Hans Albert arriba con su familia a los Estados Unidos, algo que me llena de gozo. Lo ayudo a conseguir trabajo como profesor de Hidráulica en la Universidad de California en Berkeley, donde se instala con prontitud.

En cambio, la condición mental de Eduard —algo que no consigo sacar de mi cabeza— le impide, dolorosamente, ser admitido en este país como refugiado.

Noticias

El 12 de marzo, las tropas alemanas ocupan Austria. Hitler hace acto de presencia durante la invasión. Al día siguiente, anuncia la anexión de su país natal a Alemania como uno más de sus estados federales.

En noviembre, en Alemania y Austria, los nazis atacan de forma violenta las sinagogas y los negocios de los judíos. El hecho es conocido como la Noche de los Cristales Rotos. Cerca de cien judíos son asesinados y más de treinta mil son arrestados y posteriormente enviados a campos de concentración.

En Alemania, privan a los judíos de su derecho al voto.

69
Llega Maja

1939

El 13 de febrero le damos la bienvenida a Maja. Como en su momento lo hicimos nosotros, ella viene huyendo del nazismo, que ha impregnado al ámbito europeo de su odio irracional hacia todo lo judío. En Italia, un feroz antisemitismo creció y se propagó rápidamente después de que Mussolini, en sintonía con las políticas racistas y el discurso de odio de Hitler, promulgara leyes similares a las alemanas y les prohibiera a los judíos trabajar en ciertas profesiones y casarse con ciudadanos italianos. A pesar de que Paul y Maja no son italianos, el hecho de que ella fuera de origen judío les cerró las puertas para obtener empleo y los hizo blanco de ataques inmerecidos.

A Paul le niegan la entrada a los Estados Unidos por razones de salud. Esta forzada e indefinida separación de su esposo tiene a Maja destrozada.

Entre tanto, me entero de que, en Alemania, los judíos comienzan a ser reubicados en guetos.

70
La carta a Roosevelt

1939-

A principios de julio, recibo la visita de un amigo, el físico de origen húngaro Leo Szilárd, en una cabaña de Long Island donde me encuentro de vacaciones en compañía de Maja. Leo viene con su compatriota y colega Eugene Wigner. Ambos me exponen su creciente preocupación acerca de la posibilidad de que Hitler tenga un equipo de científicos trabajando en la fisión nuclear con fines bélicos y de lo que un triunfo de los alemanes en esa área representaría para la paz mundial. También me informan que los belgas están extrayendo grandes cantidades de uranio en el Congo y temen que la sustancia caiga en manos alemanas. Saben de mi amistad con los reyes de Bélgica, por lo que me piden comunicarme con ellos para tratar de alertarlos sobre esta situación. Yo opino que una carta al embajador belga es suficiente para cumplir con este propósito y procedo a redactar la misiva que, días más tarde, Leo hace llegar a la embajada.

El 30 de julio recibo de nuevo a Leo. Trae un borrador, basado en mi reciente escrito al embajador belga, de otra carta, esta vez dirigida al presidente de los Estados Unidos. En ella, busca llamar su atención acerca de la posibilidad de desarrollar un nuevo tipo de arma, muy poderosa y desconocida hasta entonces. Me dice que piensa introducir la misiva a través de un amigo personal de Roosevelt a quien conoció recientemente. El pensamiento de que *yo soy un amigo personal de Roosevelt* y podría hacerle llegar aquella carta con facilidad cruza en ese instante por mi mente. Pero no lo hago manifiesto, en especial porque no estoy del todo convencido de querer brindar mi apoyo a esta iniciativa. Me quedo con el borrador para estudiarlo con cuidado y programo otra reunión con Leo para el 2 de agosto.

El contenido de esta posible carta sacude hasta lo más profundo mis convicciones de pacifista, las cuales han sufrido, muy a mi pesar, una lenta transformación durante los últimos años. En un comienzo, mi sentimiento es de total aversión hacia tan descabellada propuesta, pero le he prometido a mi amigo que voy a considerar el asunto con detenimiento antes de manifestar un rechazo definitivo. Repaso el borrador una y otra vez antes de irme a la cama. En la introducción se informa al presidente acerca de:

> la importancia del uranio como una nueva e importante fuente de energía en el futuro inmediato. Da la posibilidad de crear una reacción nuclear en cadena que genere grandes cantidades de energía. A partir de ahí, es concebible que se puedan construir bombas de un nuevo tipo, extremadamente potentes.

La última frase me pone los pelos de punta. ¿Cómo voy a recomendarle al presidente de los Estados Unidos que apruebe el desarrollo y la construcción de armas semejantes? Luego vienen varios consejos de orden práctico para acelerar esta propuesta, que finaliza informando lo siguiente:

Alemania ha suspendido la venta del uranio proveniente de las minas de Checoslovaquia, las cuales tiene a su cargo. Una acción tan temprana podría comprenderse en el contexto de que el hijo del secretario de Estado alemán Ernst von Weizsäcker está íntimamente relacionado con el instituto Kaiser Wilhelm, en Berlín, donde están copiando parte del trabajo estadounidense sobre el uranio.

Permanezco sentado en un sillón de la estrecha sala de la cabaña, tratando de meditar a fondo sobre esta situación. He recibido informes confiables desde Europa que muestran indicios claros de que Hitler no se conformará con la anexión de Austria a su territorio ni con la reciente invasión a Checoslovaquia. Su sed imperialista no se calmará con estas dos solitarias jugadas estratégicas, que más bien parecen el preludio de un zarpazo mayor.

Recuerdo que seis años atrás, estando en Bélgica, opiné que era necesario prepararse para rechazar una inminente agresión nazi y que, por lo tanto, reclutar a los jóvenes para el servicio militar cobraba una importancia capital en esos momentos. Incluso, me dirigí a ellos diciéndoles que, si yo mismo fuera un ciudadano nacido en ese país y tuviera la edad para enlistarme, lo haría con mucho orgullo y alegría al saber que estaba defendiendo a mi nación y ayudando a asegurar un futuro libre de las amenazas del nazismo. Ese fue un golpe mortal a mi tradicional postura sobre la paz promovida durante la Primera Guerra Mundial, en la que fomenté una resistencia individual a favor del desarme global y la erradicación mundial del servicio militar obligatorio.

Reconozco ahora que cometí un grave error en mis años de juventud al promover el asunto de la paz como un absoluto, pues esa postura no parece ser una herramienta funcional para detener a Hitler. Este problema debe considerar tanto la clase como la magnitud de la amenaza y una agresión nazi justifica, en definitiva, el uso de las armas en defensa propia.

71
Miguel

1939-

Estoy absorto en estos pensamientos cuando siento que me sube la temperatura. Tengo escalofríos y grandes gotas de sudor se deslizan por mi espalda. Voy al cuarto, me quito los zapatos, me extiendo sobre la cama con la ropa puesta y miro hacia el techo. Al rato cierro los ojos y trato de conciliar el sueño, pero mi conciencia queda atrapada en un punto intermedio en el que no estoy ni dormido ni despierto y del que no puedo escapar a voluntad. Mis pensamientos se aquietan. Mi posición en el tiempo y en el espacio cambia de súbito: me encuentro en una celda oscura, sentado ante una mesa diminuta, escribiendo algo bajo la escasa luz de una vela. Aunque la situación no me es del todo familiar, sí lo es aquello que brota lentamente de la pluma mientras trato de contener un repentino ataque de tos: «En un lugar de la Mancha, de cuyo nombre no quiero acordarme...».

—Albert, despierta —dice Maja moviéndome con suavidad.

A la mañana siguiente, me levanto con el pecho congestionado y un fuerte dolor de cabeza. Maja trata, infructuosamente, de hacerme beber un jarabe para la tos que acaba de conseguir.

—Ya se me pasará —le digo— Es tan solo un resfriado común.

—Anoche tuviste fiebre y un acceso de tos —dice preocupada—. Y en tu sueño parecías estar escribiendo algo.

—No hagas caso —respondo—. Fue algo sin importancia.

72
Respuesta a Leo Szilárd

1939-

El 2 de agosto, Leo Szilárd regresa a la cabaña. Aún afectado por el resfriado, le digo que *he tomado la decisión de firmar la carta* porque estoy convencido de la necesidad de impedir que Hitler sea el primero en tener acceso a este tipo de poder, con el cual podría, literalmente, poner de rodillas a sus enemigos y conquistar el mundo. Mi única reserva, y así se lo dejo saber a mi amigo, es que debemos asegurarnos de que cualquier arma resultante de este proyecto sea usada solo con fines disuasivos.

Noticias

Durante el mes de septiembre, Alemania y la Unión Soviética invaden Polonia y se reparten su territorio. En una respuesta rápida a esta acción, Inglaterra y Francia le declaran la guerra a Alemania, lo que oficialmente da inicio a la Segunda Guerra Mundial.

El 19 de octubre recibo una carta del presidente Roosevelt en la que me agradece el haber llamado su atención acerca de tan importante tema. También me informa que ha ordenado la formación de un comité con participación civil y militar para comenzar, cuanto antes, un estudio minucioso del uranio.

Creo que Franklin D. recordó aquella noche cuando lo visité con Elsa en la Casa Blanca. Tengo la seguridad de que el impacto de la gran amistad que iniciamos y que no pudo ser cultivada como hubiéramos deseado, por razones ajenas a nuestra voluntad, tuvo mucho que ver con su decisión de prestarle atención al contenido de aquella misiva —*la carta del apocalipsis*, como ahora la llamo—.

73
Ciudadanía estadounidense

1940

El primero de octubre, abrazando la plena convicción de que nunca abandonaré este territorio, adquiero la ciudadanía estadounidense. En medio de la ceremonia de juramento a la bandera de mi nuevo país adoptivo, un familiar olor a violetas silvestres impregna de repente mi espacio. ¡Echo de menos a Elsa!

En mi corazón, se agiganta el vacío de su ausencia. Siempre fue ella la animadora principal en esta aventura de convertirnos en ciudadanos del único país en el que, finalmente, pudimos vivir libres del odio y las amenazas del nazismo.

Helen Dukas y Margot también juran, junto a mí, lealtad a la bandera de las barras y las estrellas.

74
Me visitan agentes del FBI

1940-

Un mes después del juramento, recibo en mi casa la visita de dos agentes del FBI. Buscan información sobre Leo Szilárd. Me preguntan acerca de su historia y sus tendencias políticas, si es una persona leal. Deduzco que es un protocolo de seguridad relacionado con su nuevo trabajo en el Comité del Uranio, creado recientemente por el presidente Roosevelt. Les doy las mejores referencias de mi amigo al hablar de la persona honesta, responsable y digna de confianza que es.

No dudo de que yo también voy a recibir, muy pronto, una invitación para unirme al comité. Sin embargo, pasan varios meses y esta nunca llega. Termino convenciéndome de que, por alguna razón que desconozco, mi nombre fue dejado por fuera de la lista. Esto me remonta a los días de mi graduación en Zúrich, cuando una merecida invitación para trabajar en el politécnico tampoco llegó.

75
Más noticias sobre la guerra

1940-

Noticias

Las tropas alemanas se apoderan de gran parte del territorio europeo. Uno tras otro, caen bajo su poder Noruega, Dinamarca, Holanda, Bélgica y Luxemburgo. El 14 de junio, sus fuerzas ocupan París. El único revés lo sufren el 31 de octubre, cuando pierden la batalla ante Inglaterra, la primera disputada enteramente en el aire.

Otras invasiones están a la orden del día. La Unión Soviética ocupa y anexa a su territorio los países bálticos. Japón, en guerra con China desde 1937, continúa avanzando en su conquista de Asia. Italia invade Egipto y Grecia.

En la Polonia ocupada por los nazis, cientos de miles de judíos son confinados dentro de los guetos amurallados de Lodz y Varsovia.

Alemania entra en una alianza con Italia y Japón, a la que denominan el Pacto Tripartito. La unión de los tres países comienza a ser conocida como el Eje. A este se suman, más adelante, Eslovaquia, Rumanía, Hungría y Bulgaria.

Basado en recomendaciones del Comité del Uranio, el Gobierno de los Estados Unidos financia la investigación de los científicos Leó Szilárd y Enrico Fermi, relacionada con las reacciones nucleares en cadena y llevada a cabo en la Universidad de Columbia.

76
El Departamento de Estado obstaculiza la inmigración

1941

El 26 de julio le escribo una carta a Eleanor Roosevelt. El mensaje que lleva es parte de mi compromiso continuo de auxiliar a científicos, artistas e intelectuales, en su mayoría judíos, cuyas vidas se están viendo seriamente amenazadas en la Europa nazi. Debido a la práctica alemana de desprestigiar a sus enemigos usando cualquier método posible, muchas de estas personas han sido acusadas de ser comunistas. Esto dificulta en demasía cualquier gestión encaminada a buscarles refugio en los Estados Unidos, país donde la más mínima presunción de tener lazos con individuos de reconocido activismo o de participar en actividades consideradas comunistas pone de inmediato a la persona bajo la lupa de las agencias federales. Y si es un extranjero sobre el que recae esta clase de sospechas y trata de conseguir una visa de cualquier tipo para entrar al país, puede irse olvidando del asunto. Los nazis, conocedores de esta situación, se han dado a la diligente tarea de lesionar la reputación política de muchas personas con la finalidad de impedir su escape hacia países que les brinden protección.

En los Estados Unidos, el Departamento de Estado ha establecido una política de cero tolerancia que impide la inmigración de muchas personas acusadas sin razón de ser comunistas. Asimismo, ha levantado un muro de medidas burocráticas, presuntamente necesarias, para «proteger a los Estados Unidos de elementos subversivos y peligrosos».

Pienso que el presidente anda tan atareado con la dirección del país en estos tiempos de guerra que las probabilidades de que caiga en sus manos un mensaje mío enviado directamente a él son bastante remotas. En cambio, veo a Eleanor ejerciendo un abierto activismo en favor de los derechos civiles y promoviendo una gran cantidad de labores sociales y la encuentro como la mejor opción para interceder ante el presidente en favor de los refugiados europeos. Así que en mi carta la pongo al tanto de las acciones recientes del Departamento de Estado y le pido exponerlas ante su esposo.

77
Ataque a Pearl Harbor

1941-

Noticias

En el mes de abril, en compañía de Italia, Hungría y Bulgaria, Alemania invade Yugoslavia. En junio, violando un acuerdo bilateral de no agresión, comienza la invasión de la Unión Soviética a través de la llamada Operación Barbarroja.

Inglaterra se mantiene como la única fuerza de envergadura opuesta a las ambiciones del Eje en el norte de África y en los mares.

El 7 de diciembre, las fuerzas navales y aéreas del Imperio japonés atacan por sorpresa la base naval estadounidense estacionada en Pearl Harbor, en las cercanías de Honolulú. Hunden veinte barcos y destruyen más de trescientos aviones durante el ataque, el cual deja un saldo de más de 2300 muertos entre los miembros de la armada norteamericana. Los japoneses buscan, con esta acción, despejar de fuerzas hostiles su expansión hacia el resto del extremo oriente.

Al día siguiente, los Estados Unidos le declaran la guerra a Japón y marcan así su entrada en la Segunda Guerra Mundial. Ese mismo día entra en funcionamiento Chelmo, el primer campo de exterminio masivo de judíos en Polonia.

El 11 de diciembre, Alemania e Italia le declaran la guerra a los Estados Unidos.

78
Nace el proyecto Manhattan

1942

Noticias

La guerra continúa. A diario, muchos frentes de combate en Europa y Asia incrementan, en grandes cifras, la cantidad de bajas en ambos bandos.

Los Estados Unidos inician su entrada en la guerra librando varias batallas de importancia contra Japón. Mientras tanto, los ejércitos soviéticos contienen a Alemania en Stalingrado.

El Comité del Uranio cambia su nombre a Oficina de Investigación y Desarrollo Científico (OSRD), a la cual se une el cuerpo de ingenieros del Ejército. El plan original se transforma en una iniciativa militar en la que los científicos desempeñan una labor de apoyo. Además, la OSRD crea el Distrito de Ingeniería de Manhattan en la ciudad de Nueva York, con un coronel del Ejército al mando. Es allí donde se origina, en el mes de diciembre, el proyecto Manhattan, cuyo propósito es convertir en armas la energía nuclear.

En Polonia entran en funcionamiento otros cinco campos de exterminio masivo como parte del plan nazi para asesinar a once millones de judíos en Europa. También está dentro de sus planes la eliminación de gitanos, homosexuales, personas con discapacidad, testigos de Jehová y comunistas, que incluyen a los prisioneros de guerra rusos.

La llamada solución final, para la cual se habilita el mayor campo de concentración —Auschwitz—, está en plena marcha.

El 23 de noviembre, los soviéticos contratacan y encierran al 6.°
Ejército alemán cerca de Stalingrado. Los soldados germanos
sobrevivientes comienzan a rendirse.

79
Los aliados desembarcan en Normandía

1944

Noticias

El 4 de junio, las tropas aliadas entran triunfales a Roma y los alemanes comienzan a retirarse. El 6 de junio, desembarcan en las playas de Normandía, en Francia, cerca de 156 000 hombres de las mismas fuerzas.

El 20 de julio, Hitler sobrevive a un intento de asesinato tras la explosión de una bomba en su cuartel general en Prusia Oriental, producto de una conspiración de altos mandos militares alemanes deseosos de establecer un nuevo régimen. La reacción nazi deja un saldo de más de cinco mil personas asesinadas, relacionadas en mayor o menor grado con el atentado, y el posterior suicidio de los comandantes Rommel y Kluge.

80
Segunda carta a Roosevelt

1945

El 25 de marzo viene a visitarme Leo Szilárd en mi casa en Princeton. Me cuenta que sigue trabajando en el proyecto Manhattan y que lo tiene muy preocupado el uso que los burócratas de la administración puedan darle al artefacto atómico, el cual está ya en una etapa muy avanzada y sobre el que los científicos involucrados tienen muy poca —si es que alguna— autoridad.

La posibilidad de que la bomba atómica sea usada solo como un medio militar de disuasión le parece cada día más remota. Por esa razón, me pide que le haga llegar una nueva carta con sus inquietudes al presidente Roosevelt.

Llego a la conclusión de que se trata de un tema bastante delicado y decido escribir la misiva. En ella presento al doctor Leo Szilárd ante el presidente. Le explico a Roosevelt que fue Leo quien me trajo claridad sobre la importancia del uranio para la defensa nacional y que él estuvo muy preocupado por las potencialidades involucradas, así como ansioso de que el Gobierno de los Estados Unidos fuera informado de ellas lo más pronto posible. Le digo, además, que tengo mucha confianza en el juicio de Leo y que fue por ello que tomé la decisión de firmar la carta del 2 de agosto de 1939 con mis recomendaciones acerca del uranio, y de escribirle nuevamente en esta ocasión.

Por último, le dejo saber de la inquietud actual de Leo por la falta de contacto entre los científicos que trabajan en el proyecto Manhattan y los miembros de su gabinete, responsables de la formulación de políticas. Termino mi escrito diciéndole a Franklin D. que tengo la esperanza de que pueda brindarle a este caso su atención personal.

Infortunadamente, el 12 de abril muere Franklin D. Roosevelt en su residencia de retiro en Warm Springs, Georgia. Pienso que el mundo acaba de perder a un gran hombre; los Estados Unidos, a un magnífico presidente, y yo, a un buen amigo, de cuya cálida amistad pude disfrutar tan solo un día.

Franklin D. abandonó Washington a comienzos de abril. Me preocupa que mi última carta tal vez no haya llegado jamás a su destino.

81
Alemania se rinde

1945-

Noticias

Horas después del fallecimiento del presidente Franklin D. Roosevelt, el vicepresidente Harry Truman toma juramento en la Casa Blanca y se convierte en el trigésimo tercer presidente de los Estados Unidos.

El 30 de abril, las tropas soviéticas entran en Berlín. Ese mismo día, después de varios meses atrincherado en su búnker subterráneo, Adolf Hitler se quita la vida.

El 8 de mayo, los países aliados aceptan la rendición incondicional de Alemania, autorizada por el sucesor de Hitler, Karl Dönitz. El acta de rendición militar se firma en el cuartel general de Dwight D. Eisenhower, comandante supremo de las fuerzas aliadas en Europa.

82
La bomba atómica

1945-

Noticias

Ante la negativa de Japón a una rendición incondicional —como se lo exigen las tres potencias aliadas en la conferencia de Potsdam— y por órdenes del presidente Harry Truman, el 6 de agosto, en horas de la mañana, un bombardero estadounidense B-29 —conocido como el Enola Gay— deja caer una bomba atómica sobre la ciudad de Hiroshima. Al no recibir una respuesta inmediata de capitulación de parte del Gobierno japonés, Truman ordena, tres días más tarde, el lanzamiento de una segunda bomba sobre la ciudad de Nagasaki. El 15 de agosto, Japón anuncia su rendición incondicional y el 2 de septiembre, en Tokio, firma el acuerdo que ratifica esa decisión. Esto pone fin, oficialmente, a la Segunda Guerra Mundial.

83
Me entero de la noticia

1945-

Estoy en mi oficina del Instituto de Estudios Avanzados, en Princeton, cuando me entero, a través de un periódico, varios días después del suceso, de la explosión de una bomba atómica sobre Hiroshima. Publicaciones posteriores, que presentan información detallada de esta catástrofe, hablan además del lanzamiento de una segunda bomba sobre la ciudad de Nagasaki. Me pregunto si realmente era necesaria una acción de este tipo, así como repetirla.

La información viene acompañada de fotografías sobrecogedoras, como salidas de una pesadilla dantesca, que muestran la destrucción casi total de las dos ciudades japonesas. Pero las imágenes que más me impresionan son aquellas que muestran a los sobrevivientes —hombres, mujeres y niños— retorciéndose de dolor en las calles, en medio de un lamento colectivo, con quemaduras radiactivas de alto grado que, por desgracia, no tardarán en ocasionarles la muerte.

También hay fotos escalofriantes de sombras de personas sobre el pavimento —único vestigio de su existencia en los segundos previos a la explosión—.

En las semanas siguientes a la finalización oficial de la guerra, los periódicos revelan información acerca de las atrocidades cometidas por los nazis y sus secuaces, en particular contra el pueblo judío, brutalmente diezmado mediante la utilización de los más crueles y desquiciados métodos de exterminio masivo. No se sabe aún con exactitud la cantidad de personas inocentes sacrificadas en los campos establecidos para este fin por los criminales alemanes, pero se cree que la cifra se eleva a varios millones.

Las pruebas del horror no se hacen esperar. Un día, en el comedor de mi casa, observo las crudas fotografías de cientos de cadáveres apilados en fosas al aire libre que los custodios de la muerte no alcanzaron a incinerar en los días finales de su caída.

En mi cabeza se forma, súbitamente, un inmenso remolino en el que giran a mi alrededor los muertos de mi presente y de mi pasado, los muertos de la Primera Guerra Mundial, los de la Segunda, los de mis hermanos judíos y los de Hiroshima y Nagasaki —*¡mis muertos!*—. Por un instante, todos se confunden con los muertos de otra guerra, miles de muertos en un interminable campo de batalla tapizado de cuerpos vestidos con uniformes azules y grises que se entrelazan con el rojo de la sangre en el ocaso de una guerra fratricida.

El peso colosal de la tristeza que oprime mi corazón en este instante, el cual amenaza con hacerlo estallar en pedazos, es el mismo que experimento en aquel campo de batalla convertido, a la postre, en cementerio. En él, como colofón de la contienda, estoy diciendo las últimas palabras de un discurso en homenaje a los caídos: «Y que el gobierno del pueblo, por el pueblo y para el pueblo no desaparecerá de la Tierra».

Una multitud me aplaude. Las botas me aprietan y comienzo a experimentar aquel extraño y cada vez más frecuente dolor en el empeine.

84
$E = mc^2$ y las bombas

1945-

Me llega después el recuerdo de la primera visita de Leo Szilárd en Long Island, en 1939. Fue entonces cuando me aclaró cómo podrían funcionar las reacciones nucleares en cadena y cómo la fórmula $E = mc^2$ serviría para fabricar bombas.

—No había pensado en eso —le respondí.

Yo estaba por completo inmerso en la búsqueda de respuestas para el campo unificado, pero los argumentos de Leó y de su acompañante me sacaron transitoriamente de mis cavilaciones y cálculos matemáticos.

Su propuesta de enviar una carta al presidente Roosevelt alertándolo acerca de los alemanes y el uso del uranio, e invitándolo a desarrollar armas a partir de este elemento radiactivo, al principio despertó en mí un sentimiento de rechazo. Durante los días siguientes estuve enfermo y la figura de Hitler, con su odio delirante y sus deseos de asesinarme, se agigantó en mis pesadillas. El pánico se apoderó de mí al pensar en lo que sucedería si ese demonio tuviera acceso a tan poderosa tecnología: no dudaría, ni por un segundo, en lanzar esa clase de bomba sobre las ciudades inglesas y norteamericanas. Por eso me incliné por el que me pareció el menor de los males: si alguien debía tener una bomba atómica, serían los americanos.

Traigo este asunto a mi memoria en un intento desesperado por aclarar —a mi propia conciencia— si en algún momento, antes de las explicaciones de Leo, llegó a cruzar por mi cabeza la posibilidad de que uno de mis más grandes descubrimientos pudiera usarse con fines bélicos. Para mi alivio, después de indagar en ello una y otra vez, la respuesta es siempre negativa. Mi intención fue la de aportar al progreso de la humanidad, y esta fórmula, utilizada correctamente, es una herramienta fabulosa para ayudar al hombre en sus necesidades energéticas.

Con el paso de los días me siguen llegando noticias dolorosas.

Mi primo Robert Einstein, hijo de mi tío Jakob, a quien visité en varias ocasiones en Villa il Focardo, al sureste de Florencia, durante los viajes que hicimos Elsa y yo a Italia para saludar a Maja y a Paul, se suicida el 13 de julio. El suceso ocurre casi un año después de que su esposa y sus dos hijas fueran asesinadas por un grupo de soldados alemanes, que antes de marcharse causaron destrozos e incendiaron la villa. Además, la noticia de la muerte de mi buen amigo Georg Pick en el campo de concentración de Theresienstadt, en Checoslovaquia, me toma desprevenido. Por último, las hermanas de Franz Kafka y las de Sigmund Freud son también parte de la estadística de fallecidos en esta inmensa tragedia colectiva.

Me aterra pensar lo que habría sido de nuestras vidas si aquel día de la entrevista en el consulado estadounidense, en Berlín, nos hubieran negado nuestras visas.

85
El racismo y los linchamientos

1946

A su regreso a casa, después de la guerra, muchos soldados negros se ven obligados a encarar una alarmante realidad: son víctimas de un racismo desenfrenado y ensañado, exteriorizado con palizas brutales y acciones de linchamiento que se propagan rápidamente por todo el país. Ante semejantes actos de injusticia, decido unir fuerzas con el cantante y actor Paul Robeson, fundador de la Cruzada Americana contra el Linchamiento.

La persecución constante de la que ha sido víctima el pueblo judío a través de los milenios —y que me ha tocado vivir en carne propia durante gran parte de mi vida— me impide ser un agente pasivo en situaciones similares de injusticia. Además, creo que la violencia y el odio relacionados con el racismo en los Estados Unidos son semejantes, de cierta forma, a los padecidos por los judíos bajo el yugo nazi en los últimos tiempos. Por ambas razones, enarbolo, orgulloso, la bandera de los derechos civiles en mi país adoptivo, al que he aprendido a amar con sus virtudes y defectos —incluyendo el del racismo, que estoy dispuesto a combatir hasta mi último aliento de vida—.

86
Sigue la lucha

1946-

En enero, escribo para la revista *Pageant* el siguiente ensayo:

LA PREGUNTA ACERCA DE LOS NEGROS

Escribo como alguien que ha vivido entre ustedes, en los Estados Unidos, solo un poco más de diez años. Lo hago con seriedad y como una advertencia. Muchos lectores podrían preguntar: «¿Qué derecho tiene él de hablar sobre cosas que nos conciernen solo a nosotros y que ningún recién llegado debería tocar?».
No creo que tal punto de vista esté justificado. Quien ha crecido en un entorno da mucho por sentado. Por otro lado, alguien que ha venido a este país en la adultez puede tener un buen ojo para todo lo peculiar y característico, y creo que debería hablar con libertad sobre lo que ve y siente porque al hacerlo tal vez pueda probarse útil.
Lo que hace que el recién llegado sea pronto un devoto de este país es el rasgo democrático entre su gente. Acá no estoy pensando en la Constitución Política, aunque deba ser altamente alabada. Estoy pensando en la relación entre los individuos y en la actitud que mantienen los unos con los otros.

En los Estados Unidos, todos se sienten seguros de su valía como individuos. Nadie se humilla ante otra persona o clase social. Ni siquiera la gran diferencia en las riquezas, el poder superior de unos pocos, puede socavar esta sana autoconfianza y el respeto natural por la dignidad del prójimo.

Sin embargo, hay un lado oscuro en la perspectiva social de los estadounidenses. Su sentido de igualdad y dignidad humana se limita, principalmente, a los hombres de piel blanca. Incluso entre estos hay prejuicios de los cuales yo, como judío, soy sin duda consciente, pero estos no son importantes en comparación con la actitud de los blancos hacia sus conciudadanos de tez más oscura, en particular hacia los negros. Cuanto más me siento estadounidense, más me duele esta situación. Solo hablando de ella puedo escapar del sentimiento de complicidad que la acompaña.

Muchas personas sinceras responderán: «Nuestra actitud hacia los negros es el resultado de experiencias desfavorables que hemos sufrido al convivir a su lado en este país. No son nuestros iguales en inteligencia, sentido de responsabilidad o fiabilidad».

Estoy firmemente convencido de que quien cree esto tiene una confusión fatal. Sus antepasados sacaron a estas personas de sus hogares por la fuerza y, en su búsqueda de una vida fácil y de riqueza, el hombre blanco las ha reprimido y explotado con brutalidad, las ha degradado a la esclavitud. El prejuicio moderno contra los negros es el resultado del deseo de mantener esta condición indigna.

Los antiguos griegos también tenían esclavos. No eran negros, sino hombres blancos hechos cautivos en la guerra. No se podía hablar de diferencias raciales. Y, sin embargo, Aristóteles, uno de los grandes filósofos griegos, declaró a los esclavos como seres inferiores justamente sometidos y privados de su libertad. Es claro que estaba imbuido en un prejuicio tradicional del cual, a pesar de su extraordinario intelecto, no podía liberarse.

Gran parte de nuestra actitud hacia las cosas está condicionada por opiniones y emociones que absorbemos de manera inconsciente del entorno durante la niñez. En otras palabras, es la tradición

—además de las aptitudes y las cualidades heredadas— lo que nos hace lo que somos. Pero rara vez reflexionamos sobre cuán relativamente pequeño, en comparación con la poderosa influencia de las costumbres, es el influjo de nuestro pensamiento consciente sobre nuestra conducta y convicciones.

Sería tonto despreciar la tradición. Pero, con nuestra creciente autoconciencia e incrementada inteligencia, debemos comenzar a controlarla y asumir una actitud crítica hacia ella si queremos que las relaciones humanas mejoren alguna vez. Debemos tratar de reconocer lo que en nuestras costumbres es perjudicial para nuestro destino y dignidad, y dar forma a nuestras vidas en consecuencia.

Creo que quien intente pensar las cosas con honestidad pronto reconocerá cuán indigno y fatal es el prejuicio tradicional contra los negros. Sin embargo, ¿qué puede hacer el hombre de bien para combatir esta aprensión profundamente arraigada? Debe tener el coraje de dar un buen ejemplo con palabras y hechos, y estar vigilante para que sus hijos no se vean influenciados por este sesgo racial.

No creo que haya una forma en la que este mal pueda curarse con rapidez. Pero hasta que se alcance este objetivo, no hay mayor satisfacción para una persona justa y bien intencionada saber que ha dedicado sus mejores energías al servicio de una buena causa.

87
Visita a la Universidad Lincoln

1946-

El 3 de mayo visito la Universidad Lincoln, en Pensilvania, la primera escuela que otorga títulos universitarios a los negros. Allá recibo un doctorado *honoris causa* en Leyes, doy una conferencia sobre la relatividad a un grupo de estudiantes y pronuncio un corto discurso:

> Mi viaje a esta institución es por una causa que vale la pena. Hay una separación entre las personas de color y las personas blancas en los Estados Unidos. Esa separación no es una enfermedad de las personas de color, sino de las personas blancas. Y no estoy dispuesto a callarme al respecto.

También me refiero al tema del armamento nuclear:

> La situación actual de la humanidad es como la de un niño pequeño que tiene un cuchillo afilado entre sus manos y juega con él. No hay una defensa efectiva contra la bomba atómica. [...] Ella puede destruir no solo una ciudad, sino también la mismísima tierra donde se levanta esa ciudad.

Este año se crea el Comité de Emergencia de Científicos Atómicos, por iniciativa de Leo Szilárd. La organización, que agrupa a los científicos que participaron en el proyecto Manhattan y de la que soy presidente, busca crear conciencia acerca de los grandes beneficios que pueden obtenerse mediante el uso pacífico de la energía nuclear. También alerta de los peligros asociados con la construcción de armas atómicas.

88
Fallece Mileva

1948

El 4 de agosto fallece Mileva Marić en la ciudad de Zúrich. Le hago un homenaje sincero, desde lo más profundo de mi ser, a quien fuera el gran amor de mi juventud y la madre de mis hijos. Paz en la tumba de esta gran mujer.

En los días siguientes al deceso de Mileva, llevo a cabo —en contra de mi voluntad— los arreglos necesarios para la estadía permanente de Eduard en una institución mental en Suiza. Su condición actual no le permite valerse por sí mismo, ni siquiera en las cosas más elementales de la supervivencia diaria. Esto me produce mucha tristeza. Siempre quise hacer algo efectivo para ayudarlo a recuperar su sanidad, pero me temo que no existe forma de revertir el daño a su equilibrio mental, emocional y probablemente cerebral, ocasionado por las incontables sesiones de *terapia* de electrochoque de las que ha sido objeto, de forma continua, durante los últimos años, así como por su adicción a las drogas prescritas por los siquiatras.

89
En la mira de J. Edgar Hoover

1948-

Un día de mediados de septiembre decido tomar el autobús para ir a mi oficina en el instituto porque veo que se acercan, amenazantes, grandes nubes de lluvia. Cuando el conductor se dispone a cerrar la puerta, aparece de la nada un hombre de traje negro con un maletín de cuero del mismo color en su mano derecha. Sube y camina hacia la parte posterior del bus. Luego se acomoda en la última silla.

Yo me siento adelante, cerca del conductor. Desde allí puedo ver a aquel desconocido —que parece estar en los cuarenta— abrir su maletín y extraer de él un paquete blanco que examina con aparente interés mientras el bus hace su recorrido. Cinco minutos después se para y hala la cuerda del timbre, anunciando su deseo de apearse. Cuando el bus comienza a reducir la velocidad, camina hacia la parte delantera; luego espera junto a mí hasta que se detiene por completo. En el mismo instante en el que el conductor abre la puerta, coloca aquel paquete sobre mi regazo.

—¡Servido, profesor! —me dice mientras desciende. Luego desaparece con la misma rapidez con la que llegó.

Siempre he tenido muchos amigos; algunos anónimos, como este, que me hizo llegar algo por medio de un extraño con apariencia de agente del Servicio Secreto.

Cuando regreso a mi casa, voy directo al comedor y abro el misterioso y abultado paquete. Contiene una gran cantidad de fotografías, todas ellas de las páginas mecanografiadas de algún documento del Gobierno. En un comienzo no entiendo el significado del asunto y pienso que tal vez el hombre del autobús ha cometido un error.

Más tarde, armadas de lápices, papel y un buen par de lupas, Helen y Margot se unen a mi esfuerzo por desentrañar el contenido de aquellas fotos de dudosa calidad. Maja, que se recupera de una enfermedad reciente, nos mira silenciosa. Al fin logramos adivinar que se trata de un vasto expediente con mi nombre que ha estado creciendo durante años en los cuarteles centrales del FBI, en Washington, ante la vigilante mirada del mismísimo J. Edgar Hoover.

Mi reacción inicial es de sorpresa, pues nunca imaginé que pudiera reanudarse el fiero —hitleriano— escrutinio de mi vida fuera del ámbito de la Alemania nazi y mucho menos que hubiera tenido sus inicios antes de radicarme de forma permanente en los Estados Unidos. Esto se aprecia en el primer documento: una petición interpuesta ante el Departamento de Estado, en una carta recibida el primero de diciembre de 1932 —días antes de nuestra visita al consulado estadounidense en Berlín—, por la llamada Corporación de Mujeres Patriotas, en la cual se exige que se me prohíba la entrada a los Estados Unidos sobre la base de que *soy un pacifista y un comunista*. Anexo a este documento se encuentra —poniendo un poco más de misterio a este asunto— el recorte de un artículo publicado el 2 de diciembre del mismo año en el *Columbia Daily Spectator*, periódico de la Universidad de Columbia.

FROTHINGHAM CONTRA EINSTEIN

Escuchamos que se ha armado un gran movimiento para mantener a *herr* Albert Einstein fuera de los Estados Unidos. Una tal señora Frothingham —creemos que ese es el nombre— de Brookline, Massachusetts, insiste, en una carta a las autoridades de inmigración, que a Albert se le debe dar la espalda. Y la señora Frothingham está respaldada por el rechazo de las damas de la Corporación de Mujeres Patriotas, de la cual es presidenta.

La señora Frothingham alega que *herr* Einstein está «afiliado a más grupos anarquistas y comunistas que Joseph Stalin». ¿Y es la cara de Stalin roja? La cara de Einstein también lo es cuando se entera de que él es ambos: anarquista y comunista.

A la señora Frothingham también le molesta que *herr* Einstein sea miembro del Comité Mundial contra la Guerra y el Fascismo, que, según ella, está «bajo la dirección de Moscú». En una época en la que las naciones más imperialistas del mundo levantan todos los días sus manos con horror ante la sugerencia de siquiera llevar a cabo una «guerra imperialista», las observaciones de la señora Frothingham, en favor del conflicto, parecen bastante anticuadas. O, tal vez, es solo que a ella le gusta escuchar el canto dulce de las balas de las ametralladoras.

Pero la razón más importante por la que Einstein es «poderoso» y «peligroso», según la señora Frothingham, es que él es «eminente». Queremos asegurarle que no hay nada inusual en que los profesores universitarios sean eminentes. Es bastante habitual.

El Gobierno estadounidense ha enviado copias de la carta de la señora Frothingham a los funcionarios de todos los puertos en los que es probable que Einstein obtenga una visa. ¿La razón? No la entendemos todavía.

Algo que también aparece en estos documentos es que, a raíz de esta petición, el Servicio de Inmigración y Naturalización (ins) envió una señal de alerta a todos sus consulados en Europa. Saberlo me trae al fin claridad sobre el comportamiento de los oficiales consulares el día de la famosa entrevista y sobre el hecho de que, desde la misma época en la que los nazis trataban de acorralarme, previo al ascenso de Hitler al poder como canciller, ya el FBI me tenía los ojos puestos encima.

Si no fuera por la naturaleza de la información que hay en el expediente, podría hasta sentirme halagado por la cantidad de atención que me dedica tan relevante organismo gubernamental. Al avanzar con detenimiento a través de su contenido, tengo la impresión de que este semeja, más bien, el prontuario de un experimentado conspirador internacional.

En particular, me llaman la atención un par de documentos que muestran copias de las cartas enviadas en 1940 por el FBI —léase J. Edgar Hoover— a los responsables de la creación del Comité del Uranio, que seguían un protocolo de seguridad relacionado con los científicos postulados por el Gobierno. Me entero así de las *misteriosas* razones por las que nunca fui llamado a trabajar en ese organismo investigativo ni, posteriormente, en el proyecto Manhattan:

1) En vista de sus antecedentes radicales, esta oficina no recomendaría el empleo del Dr. Einstein en asuntos de naturaleza secreta sin una investigación muy cuidadosa, ya que parece poco probable que un hombre con su historial pueda, en tan poco tiempo, convertirse en un leal ciudadano estadounidense.

2) El Dr. Einstein, desde que fue expulsado de Alemania como comunista, ha estado patrocinando las principales causas comunistas en los Estados Unidos, ha contribuido a las revistas comunistas y ha sido miembro honorario de la Academia de Ciencias de la Unión Soviética desde 1927. El entusiasta saludo de cumpleaños soviético al Dr. Einstein aparece en el periódico del Partido Comunista, el *Daily Worker*, en la edición del 18 de marzo de 1939.

Comienzo a percibir una siniestra extensión tentacular de la mano asesina de Hitler en mi vida en los Estados Unidos.

90
Leonardo

1948-

Aquella noche, como en ocasiones similares del pasado, me golpean los primeros síntomas del catarro. Pronto siento que me sube la temperatura. También tengo irritada la garganta y aparece un leve dolor de cabeza. Helen me prepara una bebida caliente para ayudar a calmar el malestar. Después de beberla, voy al baño a prepararme para ir a dormir. Cuando termino de enjuagar mi boca, me viene un fuerte ataque de tos. Un estado de confusión me asalta cuando, al levantar la cabeza, no encuentro el espejo y veo otra cosa en su lugar. Mi espacio y mis objetos parecen haber sido instantáneamente reemplazados por otros muy distintos. Sin embargo, reconozco frente a mí un lienzo con la imagen a medio hacer en un estudio de pintura de una época remota. Sigo tosiendo cuando una mujer, que al parecer me sirve de modelo, viene corriendo hacia mí y, quitándome el pincel de la mano, comienza a darme palmadas con suavidad en la espalda.

—*Maestro Leonardo* —me dice en un tono de voz que demuestra preocupación—, creo que deberíamos terminar en este punto.

—Está bien, *señora Lisa* —respondo—. Continuaremos cuando me sienta mejor.

—¡Profesor Einstein! —Resuena en mis oídos la voz de Helen Dukas, que siento como una cuerda a la que

183

me aferro y que me saca a flote desde el fondo de esta nueva fantasía—. ¿Se siente bien? —pregunta dándome palmaditas en la espalda.

—Estoy bien —le digo mientras camino hacia la cama—. Es solo un poco de tos.

—Disculpe que le pregunte... —Helen duda por un momento, luego se decide—: ¿Quién es Lisa?

—¿Lisa? —repito y pienso cuidadosamente antes de responder—: No sé. Estaba pensando en Elsa. Tal vez me equivoqué.

91
Cena con el embajador polaco

1948-

Como un mensaje a J. Edgar Hoover de que estoy al tanto de su acoso encubierto, prevengo al embajador polaco acerca del FBI durante una cena a finales de octubre.

—Supongo que usted ya se dio cuenta de que los Estados Unidos no son el país libre que solía ser —le digo—. Esta conversación está siendo grabada subrepticiamente por el FBI, que también vigila mi casa de cerca y monitorea mi correo y mis llamadas telefónicas.

92
Dolor abdominal

1948-

Llevo varios días sufriendo de un fuerte dolor abdominal que a veces me provoca vómito. En noviembre voy a ver al doctor Nissen, cirujano torácico del Hospital y Centro Médico Judío de Brooklyn. Él me recomienda una cirugía exploratoria.

En diciembre me someto a la operación, en la que se descubre que padezco de un aneurisma aórtico. El doctor Nissen considera que la situación es delicada y realiza un procedimiento de emergencia que me salva la vida en ese momento. Tres semanas después, abandono el hospital y viajo a Sarasota, Florida, a pasar mi tiempo de convalecencia lejos del frío invernal de Nueva Jersey.

93
La bomba de hidrógeno

1950

El 31 de enero, Harry Truman anuncia que ha dado instrucciones a la Comisión de Energía Atómica de los Estados Unidos para proceder con el desarrollo de la bomba de hidrógeno —la llamada *superbomba*—, un artefacto con una capacidad destructiva hasta mil veces mayor que la de las bombas lanzadas sobre Hiroshima y Nagasaki.

El 12 de febrero aparezco como invitado especial en el programa de televisión *Hoy con Eleanor Roosevelt.*
—Las bombas de hidrógeno —le digo a Eleanor durante la transmisión— podrían provocar la aniquilación de la vida en la Tierra. Eso es algo que está dentro del rango de las posibilidades técnicas.

Finalizada la entrevista, antes de marcharse, Eleanor se acerca para despedirse. Aprovecho la ocasión para darle mis condolencias por la muerte de su esposo.
—Un poco tarde —me disculpo— debido a las circunstancias del momento.
—No se preocupe, profesor —dice ella—. Sé que usted también estaba pasando por tiempos difíciles. Quiero decirle —continúa— que lamento que aquella carta que me envió, buscando ayuda del Gobierno para tratar de salvar las vidas de muchas personas que estaban siendo

perseguidas por los nazis, nunca logró abrirse paso hasta el presidente. Era tanta mi propia correspondencia dirigida hacia Franklin y tan limitado su tiempo por la gran cantidad de asuntos que debía atender, que hasta mi posición privilegiada para comunicarme con él sufrió las consecuencias del caos provocado por la guerra.

—Yo sabía que eso podía pasar —le respondo—. Pero sé que usted hizo su parte, algo que de verdad le agradezco.

—Otra cosa, profesor —me susurra al oído antes de marcharse—. *¡Franklin nunca hubiera dado la orden de lanzar esas bombas!*

Al escuchar esa declaración, por mucho tiempo esperada, un par de lágrimas rebeldes resbalan por mis mejillas.

94
El senador McCarthy y el comunismo

1950-

Noticias

El miedo al comunismo se apodera de los Estados Unidos. El senador republicano por el estado de Wisconsin, Joseph McCarthy, inicia una cacería de brujas en su búsqueda desesperada de comunistas. A mediados de febrero, anuncia que tiene en su poder una lista de más de doscientos trabajadores del Departamento de Estado que «son conocidos miembros del Partido Comunista». Posteriormente, al testificar ante el Comité de Relaciones Exteriores del Senado, es incapaz de presentar el nombre de un solo comunista portador de tarjeta en algún departamento del Gobierno. Sin embargo, su campaña de acusaciones obtiene un apoyo popular cada vez mayor, lo que capitaliza los temores y frustraciones del país, cansado de la guerra de Corea y horrorizado por los avances comunistas en Europa Oriental y China. McCarthy procede a instigar una cruzada militante anticomunista en el ámbito nacional.

El Comité de Relaciones Exteriores del Senado llega a la conclusión de que las afirmaciones de McCarthy «representan, quizás, la campaña más nefasta de medias verdades y mentiras en la historia de este país». Los líderes republicanos, haciendo caso omiso de los hallazgos del comité, ven las tácticas de McCarthy como algo que pueden aprovechar para tomar de nuevo el control de la Casa Blanca después de dieciséis años de ausencia. Lo invitan a sus reuniones, en las que él se queja de «confabulación» en los más altos niveles del Gobierno.

95
Mi testamento

1950-

El 18 de marzo firmo mi testamento, en el cual le doy poder a mi amigo Otto Nathan como único ejecutor y administrador de mi patrimonio. Él será, además, el director de un proyecto de compilación y publicación de toda mi obra intelectual, en el que también trabajará Helen Dukas.

El documento también establece que, finalizado dicho proyecto, los derechos literarios de todos mis escritos, publicados y no publicados, serán transferidos a la Universidad Hebrea de Jerusalén.

96
Me despido de Maja

1951

El 25 de junio, después de una larga y penosa enfermedad, fallece mi hermana en nuestra casa de la calle Mercer. Estas son mis palabras de despedida:

> Maja:
> Estuvimos juntos al comienzo y al final del camino, pero me acompañaste siempre, aun desde la distancia, durante esos años en los que nuestros destinos tomaron rumbos diferentes. Me diste aliento en cada tramo del camino, aunque tu propia vida, en algún punto, estuviera tan rota como la mía.
> Tengo corazón de científico, pero soy un eterno soñador y pienso que si la fantástica historia contenida en las últimas palabras de nuestra madre fuera cierta, serías, sin duda, una de las trece mujeres de la tripulación de aquella nave. Te diría que has cumplido tu misión a cabalidad y que, muy seguramente, nuestros caminos habrán de cruzarse de nuevo. Me despediría de ti con aquel símbolo que también te pertenecería, aunque no lo hubieras alcanzado a descifrar.
> Por último, te diría: «gracias».
> ¡Descansa en paz, Maja Einstein!

97
Einstein, mensajero del Partido Comunista

1952

Un día, saliendo del instituto, se cruza de nuevo en mi camino el hombre del traje negro.

—Recuerdos de Eleanor, profesor —dice dejando en mis manos un nuevo paquete. Luego se aleja presuroso.

Tengo en mi poder nuevos documentos del FBI pertenecientes a mi expediente, entre ellos un informe de mi reunión de finales de octubre de 1948 con el embajador polaco: «Le indicó al embajador polaco que los Estados Unidos ya no son un país libre y que sus actividades son cuidadosamente escudriñadas».

Al parecer, a J. Edgar no le hizo mucha gracia que, en 1950, yo me fuera en contra de los planes de la Administración relacionados con la fabricación de la bomba de hidrógeno. Dos días después de mis declaraciones en el programa de televisión de Eleanor Roosevelt y de la publicación de un artículo en el *New York Daily News* que recogía mis opiniones sobre el tema —«Desarmarse o morir, dice Einstein», rezaban sus titulares—, J. Edgar envió un memorando a todas las oficinas del FBI del país solicitando cualquier «información negativa» que tuvieran en su poder acerca de mi persona.

Su jefe de Inteligencia Doméstica, D. M. *Mickey* Ladd, le entregó, en los siguientes días, un extenso informe acerca de mis «actividades políticas ilegales» en los Estados Unidos.

Los nuevos documentos revelan un claro esfuerzo del buró por vincularme, a toda costa, con acciones ilegales —en particular, conexiones con el comunismo—, lo cual le permita, en unión con el ins, despojarme de mi ciudadanía estadounidense e iniciar un proceso de deportación.

Lo siguiente hace parte de uno de esos papeles:

> Se alega que Einstein es el transportista personal de la sede del Partido Comunista y que transmite mensajes orales a fuentes seleccionadas en todos los Estados Unidos sobre información que el partido distribuye. Estos mensajes son tan importantes que no es confiable enviarlos a través del correo, el teléfono, el telégrafo u otros medios de comunicación y, por esta razón, Einstein, como comunista de confianza, fue seleccionado como el mensajero personal del partido.

Este otro me hace sentir un poco de lástima por los agentes de Hoover, que parecen estar muy aburridos:

> [...] para reportar que Helen Dukas partió para Florida, alrededor del 9 de febrero de 1949, en compañía del Dr. Einstein, quien está recuperándose de una operación. Se informa que su dirección en Florida es 161 Polk Drive, Lido Beach, Sarasota.

En otro documento se afirma que inventé «un robot eléctrico, capaz de leer y controlar la mente humana» y que ayudé a un grupo de exnazis a construir un «rayo de la muerte».

Me río sin parar durante un buen rato, como cuando leo las aventuras del caballero manchego; tan alejadas de la realidad me parecen las acusaciones contenidas en estos documentos. La única respuesta lógica que encuentro para tanto encono, aunque parezca descabellada, es que J. Edgar Hoover es un gran admirador de Hitler y, probablemente, ha establecido lazos estrechos con el nazismo. Después de todo, su burdo intento por vincularme con el comunismo internacional —algo que parece haberse intensificado con la aparición del senador McCarthy en el escenario político— para criminalizar mi vida y mi trabajo científico es similar al que llevaron a cabo los nazis por el hecho de que soy de origen judío.

Considero sus ataques tan fuera de proporción que cuando alguien me pregunta acerca de este tema, le respondo sin rodeos:

—Nunca he sido comunista, pero si lo fuera, *no me avergonzaría de ello.*

98
Los republicanos toman el control de la Casa Blanca

1952-

Noticias

Las elecciones de 1952 son exitosas para los republicanos, ya que obtienen el control de la Casa Blanca —con Dwight D. Eisenhower como presidente—, la Cámara de Representantes y el Senado.

McCarthy consigue la presidencia del Comité de Operaciones Gubernamentales del Senado y de su Subcomité Permanente de Investigaciones.

A través de las comparecencias ante este subcomité en las llamadas audiencias McCarthy, el Gobierno investiga a la sociedad y a la industria estadounidenses en un intento de erradicar a los simpatizantes comunistas. Su inquisición de lealtad afecta, principalmente, al sistema educativo de la nación.

Bajo esta nueva visión, quien resulte acusado de tener nexos con el comunismo y sea llamado ante el subcomité tiene derecho de negarse a declarar. Sin embargo, según McCarthy, hacerlo es una admisión tácita de culpabilidad que conlleva el riesgo de ir a la cárcel, de perder el empleo o de ambas cosas.

99
El subcomité de investigaciones del Senado

1953

El macartismo desarrolla una nueva estrategia, que me obliga, una vez más, a abandonar mi estado de pasividad ciudadana. Se trata del ataque a los maestros y la prohibición de los *libros antiamericanos*, entre los que sobresale *Robin Hood*, denunciado como propaganda comunista por un miembro de la Comisión de Libros de Texto de Indiana, porque el protagonista roba a los ricos para darles a los pobres. Miles de libros son prohibidos y retirados de las escuelas públicas y las bibliotecas para «salvaguardar las mentes de los niños del país, y del resto de la población, de la insidiosa amenaza roja». Mark Twain es uno de los autores cuyas obras son removidas.

Entre estas acciones y las quemas públicas de libros de los intelectuales enemigos de los nazis, sucedidas en los albores de la Segunda Guerra Mundial, no encuentro mucha diferencia.

Considero los documentos de espionaje del FBI como una especie de seguro: si la situación en mi contra empeora como resultado de las artimañas de su director, procederé a exponer todo este material ante los medios de comunicación. Con esto en mente, me dispongo a enfrentar a Hoover y a McCarthy.

La maestra Rose Russell, miembro del Sindicato de Maestros de la ciudad de Nueva York, me dice en una carta que ha sido llamada a declarar ante el subcomité de investigaciones del Senado para responder preguntas sobre sus afiliaciones políticas, pero que está considerando negarse a hacerlo, invocando la Quinta Enmienda. Le aconsejo emplear una táctica más revolucionaria: la de no cooperación, como lo hizo Gandhi, con gran éxito, contra los poderes legales de las autoridades británicas.

El 24 de abril, William Frauenglass, un maestro de una escuela secundaria de Brooklyn, también es llamado a declarar ante el subcomité. En su caso, la acusación de deslealtad surgió de un curso, organizado por la junta escolar, que él había impartido seis años antes a otros maestros. Se llamó «Técnicas de enseñanza intercultural» y en él se revisaron métodos para «ayudar a aliviar las tensiones interculturales e interraciales» en las aulas. Un testigo convocado por el subcomité declaró que tales enseñanzas estaban «en contra de los intereses de los Estados Unidos», cosa que sorprendió al maestro:

—¡Imaginen tal acusación cuando uno de los objetivos fundamentales de la educación pública es la creación de un entendimiento intercultural entre nuestras muchas minorías! —dijo.

También le preguntaron a qué organizaciones políticas pertenecía, pero él se negó a responder. A los pocos días, me escribió: «Una declaración suya sería de gran ayuda para reunir a los educadores y al público, y así enfrentar juntos este nuevo ataque oscurantista».

Mi respuesta que, le aclaro, no necesita ser considerada confidencial, es ampliamente citada por el principal diario neoyorquino, *The New York Times*:

El problema al que se enfrentan los intelectuales de este país es muy serio. Los políticos reaccionarios se las han arreglado para infundirle sospechas de todos los esfuerzos intelectuales a la gente, al colgar ante sus ojos un peligro externo. Habiendo tenido éxito hasta el momento, ahora proceden a suprimir la libertad de enseñanza y a privar de sus puestos de trabajo a todos aquellos que no demuestren sumisión. Es decir, los están matando de hambre.

¿Qué debería hacer la minoría intelectual de este país acerca de estos ataques? Francamente, solo puedo ver una forma efectiva de manejarlo: resistir a cooperar con las autoridades gubernamentales, como lo hizo Gandhi. Todo intelectual que sea llamado ante uno de los comités debe negarse a declarar. Debe estar preparado para enfrentar la ruina económica e ir a la cárcel; en fin, para sacrificar su bienestar personal en aras del bienestar cultural de su país. Sin embargo, esta negativa a declarar no debe basarse en el conocido subterfugio de invocar la Quinta Enmienda contra una posible autoincriminación, sino en la afirmación de que es vergonzoso para un ciudadano intachable someterse a tal inquisición y que este tipo de acciones viola el espíritu de la Constitución.

Si suficientes personas están dispuestas a dar este importante paso, tendrán éxito. Si no, entonces los intelectuales de este país no merecen nada mejor que la esclavitud que se les quiere imponer.

Cuando me encuentro con el maestro Frauenglass en Princeton unos días más tarde, le digo que yo mismo estoy listo para ir a la cárcel por estos principios.

La reacción de McCarthy ante los medios no se hace esperar:

> No hay nada nuevo en ese consejo. Hemos tenido abogados comunistas compareciendo ante nuestro subcomité día tras día y la recomendación que dan es siempre la misma: «No le diga al subcomité lo que sabe sobre espionaje y sabotaje».
>
> Puedo decir que cualquier ciudadano, no me importa si su nombre es Einstein o John Jones, que aconseje a otro mantener secreta información en su poder sobre espionaje y sabotaje, es un ciudadano desleal, no es un buen estadounidense. Puedo decir también que es cierto que un testigo tiene derecho a rehusarse a declarar en virtud de nuestra Constitución si cree que su testimonio lo incrimina. Sin embargo, no tiene derecho a negarse a declarar si su testimonio incrimina a algún otro espía o saboteador.

Yo no pienso doblegarme. No lo hice ante Hitler, menos voy a hacerlo ante este tirano de poca monta o ante su socio del FBI, el antisemita y racista J. Edgar Hoover. Sigo levantando mi voz y criticando sus prácticas.

100
Presidencia de Israel

1953-

El 9 de noviembre muere el presidente del Estado de Israel, mi gran amigo Chaim Weizmann. Días más tarde, a través de la prensa, me entero de que he sido postulado como candidato para sucederlo en la presidencia. Después de pensarlo con detenimiento, escribo una carta rechazando la oferta. Aunque mis nexos con el pueblo judío son más fuertes que nunca, mi precario estado de salud y mi falta de experiencia en asuntos oficiales me obligan, con mucho pesar, a hacerlo.

101
Golpe mortal al macartismo

1954

Noticias

Después de dirigir con mano de hierro el subcomité de investigaciones del Senado, el senador Joseph McCarthy —el más temido de los inquisidores del Congreso— y su cruzada anticomunista reciben un golpe mortal.

Las críticas y denuncias masivas desaprobatorias, tanto desde el ámbito interno como desde el internacional, aumentan con rapidez la presión anti-McCarthy en los Estados Unidos. En aquellos países donde el macartismo nunca fue popular, las protestas son cada día más fuertes. En París, el presidente de la Unesco advierte que los Estados Unidos enfrentan la ira internacional por sus políticas de quema de libros. En Francia e Italia, la reacción pública por el miedo rojo en América impulsa el crecimiento de los grupos de izquierda, en especial de los comunistas, que obtienen un tercio de los votos en cada país.

Tras la muerte de Stalin y una tregua con Corea, Washington disminuye poco a poco su presión sobre Moscú. Un equipo de congresistas comienza a organizar un viaje a la Unión Soviética, algo prohibido anteriormente.

En casa, una Corte Suprema más liberal, encabezada por Earl Warren, prohíbe la segregación escolar. La resistencia a las inquisiciones del Congreso comienza a endurecerse. Además, el presidente Eisenhower le pide al ala derechista republicana no ir demasiado lejos en el asunto de las audiencias antirrojas, advertencia que McCarthy olímpicamente ignora al acusar al Ejército de albergar comunistas en sus filas. Sin embargo, las audiencias del senador contra el Ejército de los Estados Unidos, presentadas en la televisión nacional, lo exponen como un matón político.

Al fin, vencidos por fuertes presiones desde todos los frentes, la mayoría de sus colegas del Senado condenan a McCarthy por conducta despectiva y reprobable.

La ausencia de McCarthy hace que soplen aires frescos en el ámbito político nacional, pero desmontar por completo el macartismo tomará un poco más de tiempo —sé muy bien lo que es la *inercia,* no solo en el campo de la física—. Es entonces cuando siento que mi humilde llamado a la desobediencia civil, mi consejo de rehusarse a cooperar con los investigadores de McCarthy, sumado a los importantes aportes de otros, ha dado al fin sus frutos. Y es también para mí una reivindicación de las ofensas pasadas de los nazis, contra las que no pude defenderme.

102
Amadeus vs. Joan Sebastian

1954

Para los días de fin de año doy mi último concierto con Lina en una velada nocturna en mi casa, acompañado de varios amigos. Mi brazo izquierdo acusa el desgaste natural provocado por el paso del tiempo, lo que me dificulta sostener el violín con comodidad. Esta noche interpreto de nuevo a Mozart, me zambullo por completo en su música y experimento, una vez más, la vibración creadora de su ser. También toco algo de Bach.

Sin importar cuántas veces lo haya hecho, nuevamente me siento deslumbrado por la simplicidad y la perfección arquitectónica de la música de estos dos grandes compositores, aspectos que yo mismo he buscado con mucho ahínco en el desarrollo de mis teorías. Mi compenetración con ellos ha sido bastante profunda y me ha llevado a reflexionar con frecuencia acerca de una posible conexión, hasta ahora desconocida, entre los dos. No me parece que Bach fuera un simple referente en la obra de Mozart. Percibo algo más sutil, una especie de transformación. Como si Bach, de forma natural, hubiese desembocado en Mozart y, convertido en él, se irguiese con firmeza sobre su propio legado musical. O como si a partir de los tres años, Amadeus se conectara, sin saberlo, con una experiencia propia de un pasado reciente y sobre ella comenzara a crear una nueva historia. El dominio de los instrumentos principales y el de la comprensión de las partituras lo consigue muy temprano en su niñez. Pareciera más una vieja habilidad recordada y recuperada que un nuevo aprendizaje, lo que le permite de inmediato dar rienda suelta a su poder creativo e ir acomodando en el universo las hermosas melodías que flotan en su mundo interior y que pugnan por salir, apenas con algún esfuerzo. Una muestra clara de esto es que sus manuscritos originales raramente presentan tachaduras.

Me pregunto qué pensaría Elsa si supiera de estos razonamientos. Yo mismo soy el más sorprendido con ellos.

103
Resolviendo mi baúl imaginario

1954

He dedicado casi toda mi vida a observar el universo, a descomponerlo en pedacitos, tratando de arrancarle sus secretos, ¡y lo he logrado! Siempre lo he conseguido —la teoría del campo unificado ha presentado avances importantes últimamente y solo espero que me alcance el tiempo para terminar de resolverla—. Pero nunca se me ocurrió mirar con suficiente curiosidad en la otra dirección: hacia mi interior, hacia esa desconocida *Esencia de Vida* de la que hablaba mi madre.

Un poco tarde descubro que existe un universo totalmente distinto al que estoy acostumbrado a observar y es probable que se rija por leyes diferentes. A él podrían estar ligadas estas cosas *extrañas* que me han sucedido a lo largo del camino.

Elsa, que pudo ver de cerca algunos de estos episodios, siempre quiso hallarles una explicación y, en su afán de lograrlo, hasta trató de conseguir la ayuda de Sigmund Freud. Pero yo siempre tuve mi propia opinión acerca del sicoanálisis freudiano, que no hizo más que acabar de enmarañar la mente de Eduard, aunque para él tuvieran sentido algunas conclusiones sacadas de ahí, como aquella de que «a veces es difícil tener un padre tan importante porque uno se siente muy poco importante». ¡Puras sandeces! Por esa razón, cuando la fundación del premio Nobel me contactó en 1928 para saber si estaba dispuesto a respaldar su candidatura, les dije que no podía ofrecer ninguna opinión confiable sobre la veracidad de sus enseñanzas y que me parecía dudoso que un sicólogo fuera en realidad elegible para el Premio Nobel de Medicina, que es, supongo, el único que podría considerarse.

Yo, por lo demás, no estaba dispuesto a recostarme en el diván de Freud para que él me explicara, con mucha solemnidad, que todas esas cosas que me sucedían tenían relación con mi vida sexual o con traumas de mi niñez, o para escuchar una elaborada interpretación de mis sueños febriles. Algo me decía que esa no era la solución. Y mucho menos lo era recurrir a la siquiatría, pues estaba muy bien enterado de cómo manejan los siquiatras todo lo que se manifiesta como *extraño* o *fuera de lo normal.*

Entonces, ¿cómo podría haberle explicado a Elsa algo que ni yo mismo comprendía? En su momento opté por restarle importancia al asunto y atiborré aquel baúl imaginario con todas esas situaciones inexplicables que iban surgiendo. O al menos así lo hice hasta que un día comenzaron a tomar fuerza dentro de mí las palabras de mi madre sobre la *Esencia de Vida,* los recuerdos y la continuidad de la memoria, y se presentaron como la única explicación lógica posible. Ellas son las culpables del inesperado viraje en mi modo de ver estas cosas, algo que siempre rechacé y que no me atreví a compartir con nadie por considerar que era tema de locos.

104
Abe

1954

—Voy a contarte un secreto —le escuché decir a mi madre la noche de su partida, antes de caer abatido por el cansancio—. Como Pauline, tu madre en la vida presente, alcancé a ver con claridad tus encuentros con el pasado; esos que aún no te atreves a aceptar porque chocan con tus convicciones de hombre de ciencia. Nunca te lo dije, pero incluso con mi memoria suprimida supe percibir e interpretar tu rastro. Era tan evidente que, aunque quisiera, no podía ignorarlo. Comprendí que esas frecuentes conexiones con un pasado, en apariencia desconocido e inexplicable, no eran signos de locura —que es como habrían sido interpretados si hubiera llegado a mencionarlos— e hice todo lo posible para que pasaran desapercibidos. Ni siquiera se los mencioné a tu padre. Ahora veo, con alivio, que por instinto estaba tratando de protegerte.

»Eras muy pequeño cuando esos recuerdos comenzaron a manifestarse. Algunas veces eran enlaces con experiencias físicamente dolorosas, como la que tuviste en la escuela el día en el que el maestro te mostró aquel clavo. En otras ocasiones, eran simples repeticiones automáticas de vivencias artificiales insertas en tu mente por los Obscuros, como cuando descubriste el Pentateuco y lo recitabas día y noche sin parar. Pero en la gran mayoría de ellas, sobre todo en las relacionadas con la música, era para mí muy claro que atravesabas una puerta hacia el pasado, como cuando interpretabas a Mozart. En tu mente te desplazabas a los grandes escenarios donde él había triunfado, experimentando sus emociones y sus vivencias, disfrutándolas al máximo.

Todo esto lo corroboré plenamente después del accidente de Maja en el parque, ¿lo recuerdas?

—Sí —respondo.

—Aquella noche te enfermaste y yo me quedé a tu lado para tratar de bajarte la fiebre. Según parece, la impresión que te produjo el accidente, por el cual te sentiste culpable, te puso en contacto con un dolor emocional inconmensurable causado por la pérdida de *otra* hermana. Te cuidé hasta que estuviste totalmente recuperado, pero una inmensa curiosidad se encendió dentro de mí y un día me arrastró hasta las puertas de la biblioteca más grande de Múnich. Entré y solicité varios libros. Un par de horas de lectura me bastaron para confirmar mis sospechas: en efecto, Sally Lincoln existió. Su nombre real era Sarah, pero de cariño todos la llamaban Sally, y era dos años mayor que Abe, como le decían al presidente Abraham Lincoln.

»Sally murió a la edad de veinte años mientras daba a luz. Su bebé no sobrevivió. Abe quedó devastado y, en medio de su gran dolor, culpó de la tragedia a su cuñado, Aaron Grigsby, porque creía que había actuado con lentitud: cuando se presentaron las complicaciones y corrió a buscar un médico, ya era demasiado tarde.

»Allí encontré la primera coincidencia, pero vendrían unas cuantas más.

Como Abe, naciste en una cabaña pobre y solitaria de una granja ubicada en medio de la nada, en el estado de Kentucky, y nunca tuviste acceso a una educación formal. Aprendiste a leer, con la ayuda de tu madre y de tu hermana, a la edad de seis años, ¿y adivina cuál fue el libro que te sirvió de cartilla de lectura? ¡Exacto! Una Biblia de la Iglesia bautista, a la cual eran asiduos tus padres. Tenías una memoria prodigiosa, pero no tan buena como para aprender de forma instantánea los libros del Pentateuco y estar recitándolos continuamente. Estoy segura de que, más bien, se había echado a rodar en tu cabeza la grabación sonora del monte Sinaí desde el primer instante en el que empezaste a leer las Sagradas Escrituras en voz alta, para toda la familia, los domingos en la tarde. Ya adulto, citabas con frecuencia pasajes del Pentateuco en tus cartas, en tus discursos y en tus conversaciones cotidianas *a pesar de que no eras un hombre religioso.*

»Antes de cumplir los diez años sacaste a relucir tus cualidades de autodidacta y desde ese momento se despertó en ti una sed insaciable de conocimiento. ¿Te resulta familiar este dato? No descansaste hasta haber leído y memorizado, durante los años que siguieron, cada libro que existía y que pediste prestado en cada granja ubicada en un radio de cincuenta millas a la redonda. Uno de aquellos libros, que como tantos otros leíste hasta altas horas de la noche, bajo la luz de las velas, después de tus arduas jornadas de leñador, resultó ser un tomo de los *Elementos de Euclides,* ¡tu "pequeño y sagrado libro de geometría", Albert! Años más tarde, comprarías la colección completa, que habrías de llevar contigo a todas partes y que te brindaría una fascinante visión acerca de la lógica.

Tantas horas de lectura te darían una nueva comprensión sobre la vida y, gracias a ello, pronto se te hizo evidente que había injusticias en el mundo que era necesario remediar, como la de la esclavitud, muy arraigada en la tierra donde naciste. Un día tomaste la decisión de que esto debía terminar.

A los veintitrés años, mientras trabajabas en una pequeña tienda en la localidad de Nueva Salem, comenzaste a leer una colección de textos legales que encontraste por casualidad en el fondo de un barril. Nunca tu mente estuvo tan absorta. Fue ahí cuando nació tu amor por la jurisprudencia. Un tiempo después, terminaste trabajando como escribiente de un abogado, en Springfield. Copiabas abultados legajos e ibas adquiriendo, *por tu cuenta* y en tus ratos libres, el conocimiento de las leyes. Estos estudios te dieron el estímulo suficiente para convertirte en abogado y entrar, años más tarde, en la vida pública.

En un punto de tu vida adulta comenzó tu relación con un grupo de personas a las que llegarías a considerar como tus mejores amigos y a quienes defenderías de los injustos ataques a los que con frecuencia estaban expuestos. Su apoyo incondicional fue determinante en tus aspiraciones presidenciales. *Hablo de los judíos. ¿Crees que se trata de una coincidencia?*

Esta pregunta fue lo último que escuché en la voz de mi madre, treinta y cuatro años atrás.

105
Trabajo terminado

1955

Hoy es Viernes Santo. Me lo confirma la desagradable sensación en mis manos y pies, que se hace más intensa durante esta época del año y alcanza su punto máximo en este día, pero es algo con lo que he aprendido a vivir.

Los últimos cuarenta años de mi vida los he dedicado a buscar una respuesta para el problema del campo unificado: una teoría única que explique, con principios comunes, el campo gravitatorio y el electromagnético, y que describa, además, la naturaleza de toda la materia. Sin embargo, con mucho asombro, me he dado cuenta de que he desperdiciado la mayor parte de ese tiempo estando muy serio al respecto —y muy enojado—, tratando de demostrar a Bohr y compañía que estaban equivocados, que toda la incertidumbre introducida por ellos en el desarrollo de la mecánica cuántica no era el camino correcto a seguir.

—*Dios no juega a los dados con el universo* —les dije un día.

Recordé que mis mayores triunfos como científico los obtuve en una época en la que cada problema que se me presentaba lo veía como un juego, no como una pesada carga a la que estaba obligado a encontrarle una solución. Y me divertía muchísimo. Así que decido retomar todo este asunto como un simple juego. Trato primero de aclarar los conceptos, olvidándome por un tiempo de los razonamientos matemáticos y sus fórmulas interminables. Me introduzco mentalmente —¿cómo decirlo de otra manera?— en el interior de un átomo y empiezo a *percibir* cada una de sus partes, su comportamiento y su interacción, tratando de comprender las fuerzas que se manifiestan a ese nivel. Esto lo hago sin pausa durante varios meses, como cuando estudiaba en Aarau y me imaginaba corriendo a la velocidad de la luz al lado de un rayo luminoso, en uno de mis experimentos. Así van apareciendo muchos datos interesantes, hasta que... ¡eureka! Como gloriosas notas musicales que emergen del universo Mozart-Bach, las por tanto tiempo esquivas notas de la teoría del campo unificado se presentan, en su absoluta majestuosidad, descifradas ante mí.

106
Mea culpa

1955-

El martes 12 de abril, mientras escribo un discurso en conmemoración del séptimo aniversario de la Independencia de Israel, siento un fuerte dolor en el abdomen que me trae de inmediato el recuerdo de aquella operación que me realizaron en 1948.

Al día siguiente, el dolor es insoportable. Con rapidez, Helen convoca una reunión médica en mi casa. Los galenos pronto me informan que se trata del mismo aneurisma de la aorta abdominal, que ha comenzado a rasgarse. Me recomiendan una operación de emergencia, con posibilidades escasas de éxito, a la que me rehúso rotundamente.

—Considero de mal gusto prolongar la vida de manera artificial —les digo—. Es hora de irme y lo haré con elegancia.

Cuando los médicos abandonan la casa, le hablo a Helen acerca de mi testamento. Le pido que contacte de inmediato a Otto Nathan y lo ponga al tanto de la situación. Ella asiente con la cabeza y luego sale presurosa de la habitación, con los ojos llorosos. Margot, sentada cerca de la cabecera de la cama, pasa con suavidad una mano por mi cabello mientras exhala un suspiro profundo.

El sábado 16, mi estado de salud empeora y debo ser trasladado al hospital. Helen y Margot me acompañan. Sigo escribiendo, desde la cama, mi discurso para la televisión israelí. En algún momento, aprovechando una corta ausencia de Margot, le doy instrucciones a Helen en relación con un sobre sellado de color amarillo que he dejado sobre mi escritorio. Debe entregarlo sin demora, después de mi fallecimiento, a un representante de la Universidad Hebrea de Jerusalén, cuyos datos de contacto se encuentran en una nota junto al sobre. Le pido, además, que destruya las fotos de los documentos del FBI que me envió Eleanor Roosevelt. No quiero darle a J. Edgar motivos extra para hacerla blanco de sus dementes ataques, pues tengo la seguridad de que también hay un expediente bajo su nombre que crece todos los días en los archivos de la siniestra *Gestapo americana* — como ella alguna vez la llamó—.

La medicina que me suministran tiene un efecto de corta duración. El dolor está presente la mayor parte del tiempo, lo cual me impide dormir y hace que la noche parezca más larga de lo habitual. No puedo evitar sonreír al relacionar esta circunstancia con un chiste que solía hacer cuando alguien me pedía una explicación rápida y sencilla acerca de la relatividad:

—Una hora sentado con una chica hermosa en un banco del parque pasa como un minuto, pero un minuto sentado sobre una estufa caliente parece una hora. ¡Eso es la relatividad!

Esta comparación se me presenta hoy como una ironía de la vida, pues me veo ocupando el lugar en esa estufa en este momento, y no por un minuto, precisamente.

En las horas de la tarde del domingo, Helen y Margot regresan al hospital. La tristeza que las acompaña tiene presencia propia: sin importar el esfuerzo que hagan, no pueden esconderla. Siento mucho tener que ser la causa de ese sufrimiento.

Le pregunto a Helen por el sobre amarillo.

—Ya me ocupé de él, profesor —me responde—. Sus instrucciones se seguirán al pie de la letra.

—Gracias, Helen —le digo—. Usted siempre tan eficiente.

El sobre contiene *la teoría del campo unificado* totalmente desarrollada, una meta que perseguí por largo tiempo y que me mantuvo extraviado en indescifrables laberintos. Hoy la dejo como un regalo para la humanidad. Es mi manera de decir *mea culpa,* de pedir perdón, con humildad, por el inmenso daño que algunas de mis acciones ocasionaron a los pobladores de este planeta.

Sin embargo, no considero los tiempos actuales como los más propicios para divulgar tan importante conocimiento. Se hará el día —no muy lejano, espero— en el que los hongos fantasmagóricos de la amenaza nuclear se hayan disipado por completo. Cuando el odio y las acciones destructivas de una minoría hayan sido contenidos de forma definitiva y los conflictos entre los países se solucionen con palabras conciliatorias, no con amenazas ni con balas u otros artefactos sofisticados de exterminio masivo.

He decidido entregar la custodia de la teoría del campo unificado a la Universidad Hebrea de Jerusalén, con indicaciones precisas sobre las condiciones necesarias para su publicación.

Llega la noche de este domingo, el más largo y el último de mi vida. Margot y Helen se han marchado. Espero el fin con ansiedad, ya que eso parece ser lo único que puede aliviar mi actual padecimiento. Los pocos pensamientos que logro coordinar giran alrededor de mi responsabilidad en las acciones que desembocaron en la creación de la bomba atómica.

Pienso que $E = mc^2$ fue un hallazgo que se adelantó demasiado en el tiempo y que vio la luz en el peor de los momentos: bajo el fragor de las acciones bélicas de la Primera Guerra Mundial. Creí que su uso proporcionaría grandes beneficios al hombre en sus necesidades energéticas y fue a partir de ese ideal que la liberé. Aunque la fórmula no parecía tener un uso práctico inmediato, la explicación teórica de su potencial llamó la atención de algunos científicos (el hecho de que unos cuantos gramos de materia pudieran producir la energía necesaria para iluminar una ciudad durante varios días era algo que, ciertamente, valía la pena investigarse).

Muy a mi pesar, $E = mc^2$ se convirtió en la llave que abriría la caja de Pandora del uso de la energía nuclear con fines bélicos. Hoy pienso que hacerla pública fue el error más grande de mi vida. El planeta —incluyéndome a mí— no estaba listo para recibir y manejar con responsabilidad esta clase de conocimiento.

Mi segundo error fue firmar aquella carta dirigida a Roosevelt en 1939 —en la que le instaba a buscar la manera de transformar en armas la energía atómica— y que me convirtió, sin proponérmelo, en uno de los grandes villanos de la historia. Sin importar que toda mi vida luchara, incansable, por la paz y que mis intenciones fueran siempre las mejores, el resultado final de estas dos acciones es la espada de Damocles que pende, amenazadora, sobre la cabeza de todos y cada uno de los habitantes de la Tierra.

Alrededor de la una de la mañana del lunes 18 de abril de 1955, una frase retumba en mi cabeza: «El padre de la bomba atómica». Un periodista me llamó así en un artículo publicado varios años atrás y es algo que me atormenta desde entonces.

Me llega el recuerdo de mi primera bocanada de aire y de mis gritos estridentes de recién nacido, y me pregunto si morir es algo tan simple como la repetición, en sentido inverso, de esas dos acciones. Entonces decido averiguarlo:

—¡NO SOY EL PADRE DE LA BOMBA ATÓMICA! —grito en alemán con todas mis fuerzas desde mi cama de hospital. Luego exhalo, decidido, mi última bocanada de aire.

Pienso en la Luna justo al terminar de expulsar el aire de mis pulmones.

De pronto, siento que reboto como una pelota de *ping-pong* entre la Tierra y la Luna. Estoy en la Luna, luego en la Tierra. La Luna... la Tierra... hasta que algo en mí se estabiliza y contemplo el azul de nuestro planeta en todo su maravilloso esplendor desde la superficie lunar.

Bibliografía

Albert Einstein. (s.f.). *FBI Records: The Vault.* https://vault.fbi.gov/Albert%20Einstein

Bachner, M. (2019, 6 de marzo). Freud's a Fraud? 110 unpublished Einstein documents unveiled by Hebrew U [¿Freud es un fraude? 110 documentos inéditos de Einstein revelados por la Universidad Hebrea de Jerusalén]. *The Times of Israel.* https://www.timesofisrael.com/110-previously-unpublished-einstein-documents-unveiled-by-hebrew-university/

Brown, J. P. (2018, 14 de agosto). Five of the strangest theories in Albert Einstein's FBI file [Cinco de las teorías más sólidas en el archivo del FBI de Albert Einstein]. *MuckRock.* https://www.muckrock.com-news/archives/2018/aug/14/fbi-einstein-five/

Dimuro, G. (2018, 11 de noviembre). Eduard Einstein: The Story of Albert Einstein's Forgotten Son Who Spent His Days in Insane Asylums. *All That's Interesting.* https://allthatsinteresting.com/eduard-einstein

East of Eden. (2017, 15 de septiembre). Flashback Friday: That time Albert Einstein hosted Marian Anderson [Viernes del recuerdo: Esa vez en que Albert Einstein recibió en su casa a Marian Anderson]. https://www.eastofeden.me/blog/flashback-friday-that-time-albert-einstein-hosted-marian-anderson-1/

Einstein, A. (1946, enero). The Negro Question [La pregunta acerca de los negros]. *Pageant Magazine,* 12: 36-37.

Einstein's Ultimatum Brings a Quick Visa; Our Consul Angered Him by Political Quiz [El ultimátum de Einstein trae una visa rápida; nuestro cónsul lo enfureció con una prueba política]. (1932, 6 de diciembre). *The New York Times.*

Enlace Judío México. (2015, 21 de diciembre). Albert Einstein defendió su instinto sionista hasta el final de su vida. *Enlace Judío*. https://www.enlacejudio.com/2015/12/21/albert-einstein-defendio-su-instinto-sionista-hasta-el-final-de-su-vida/

Frothingham vs. Einstein. (1932, 2 de diciembre). *Columbia Daily Spectator*, LVI(44). http://spectatorarchive.library.columbia.edu/?a=d&d =cs1932120-01.2.16&

Gewertz, K. (2007, 12 de abril). Albert Einstein, Civil Rights activist [Albert Einstein: activista de los derechos civiles]. *The Harvard Gazette*. https://news.harvard.edu/gazette/story/2007/04/albert-einstein-civil-rights-activist/

Harris & Ewing. (1921, 25 de abril). Albert Einstein Visits President Harding [fotografía]. White House Historical Association. https://library.whitehousehistory.org/fotoweb/archives/5017-Digital-Library/Main%20Index/Presidents/Warren%20G%20Harding/1529.tif.info

History Working Group. (2017). *Einstein, Plumbers and McCarthyism. Einstein's response to a political climate increasingly hostile to scientists and teachers* [La respuesta de Einstein a un clima político cada vez más hostil para científicos y profesores]. Institute for Advanced Study. https://www.ias.edu/ideas/2017/einstein-mccarthyism

Jerome, F. (2002). *The Einstein File: J. Edgar Hoover's Secret War Against the World's Most Famous Scientist* [El archivo Einstein: la guerra secreta de Edgar J. Hoover contra el científico más famoso del mundo]. Fred Jerome St Martin's Press.

Küpper, H. J. (s.f.). Chronology of Einstein's Life [Cronología de la vida de Einstein]. *Albert Einstein in the World Wide Web*. https://www.einstein-website.de/z_biography/chronological_table.html

Lincoln Confers Degree on Dr. Albert Einstein [La universidad Lincoln confiere título al Dr. Albert Einstein]. (1946, 11 de mayo). *The Baltimore Afro-American*.

López, A. (2015, 21 de septiembre). Cuando Mozart prometió a María Antonieta casarse con ella. *20 Minutos*. https://blogs.20minutos.es/yaestaellistoquetodolosabe/cuando-mozart-prometio-a-maria-antonieta-casarse-con-ella-anecdota/

Manhattan Project [Proyecto Manhattan]. (2017, 26 de julio). *History.* https://www.history.com/topics/world-war-ii/the-manhattan-project

McCarthy Asserts Silence Convicts [McCarthy afirma que el silencio es prueba de culpa]. (1953, 22 de junio). *The New York Times.*

Miller, A. I. (2006, 5 de febrero). Afinidades compartidas. Einstein y Mozart, dos genios a través de un violín (M. Rosenberg, trad.). *La Nación.* https://www.lanacion.com.ar/ciencia/einstein-y-mozart-dos-genios-unidos-a-traves-de-un-violin-nid778161/

Onion, R. (2013, 13 de diciembre). Einstein's 1941 Letter to Eleanor Roosevelt, Begging Asylum for Jewish Refugees [La carta de Einstein a Eleanor Roosevelt en 1941, pidiendo asilo para los refugiados judíos]. *Slate.* https://slate.com/human-interest/2013/12/albert-einstein-eleanor-roosevelt-1941-letter-asking-the-first-lady-to-help-jewish-refugees.html

Panek, R. (2019, 9 de febrero). Albert Einstein-Sigmund Freud, "the meeting" [Albert Einstein-Sigmund Freud, «el encuentro»]. *Lectures Bureau.* https://www.lecturesbureau.gr/1/1663/?lang=en

Powell, D. (2019, 24 de mayo). How the 1919 Solar Eclipse Made Einstein the World's Most Famous Scientist. *Discover.* https://www.discovermagazine.com/the-sciences/how-the-1919-solar-eclipse-made-einstein-the-worlds-most-famous-scientist

Ramírez, P. (2019, 6 de febrero). Por qué Albert Einstein siempre tenía en su mesilla de noche el Quijote de Cervantes (y qué aprendió del hidalgo de La Mancha). *Business Insider.* https://www.businessinsider.es/albert-einstein-tenia-mesilla-quijote-cervantes-369223

'Refuse to Testify', Einstein Advises Intellectuals Called in by Congress [«Rehusarse a testificar», aconseja Einstein a los intelectuales convocados por el Congreso]. (1953, 12 de junio). *The New York Times.*

Roads to the Great War. (2017, 20 de octubre). Albert Einstein in the First World War [Albert Einstein en la Primera Guerra Mundial]. http://roadstothegreatwar-ww1.blogspot.com/2017/10/albert-einstein-in-first-world-war.html

Ruiz, M. S. (2017, 28 de junio). Las manías de los mayores genios de la historia: ¿sabía que Einstein odiaba los calcetines? *El Español.* https://www.elespanol.com/ciencia/investigacion/20170627/226978 218_0.html

Salmerón, B. (2019, 21 de noviembre). «Cuando Einstein encontró a Kafka», de Diego Moldes, narra las principales aportaciones que los judíos han realizado al mundo moderno (siglos XIX, XX y XXI). *Todo Literatura.* https://www.todoliteratura.es/noticia/51967/pensamiento/cuando-einstein-encontro-a-kafka-de-diego-moldes-narra-las-principales-aportaciones-que-los-judios-han-realizado-al-mundo-moderno-siglos-xix-xx-y-xxi-.html

Sampedro, J. (2005, 23 de enero). Einstein 1905: todo cambió. *El País.* https://elpais.com/diario/2005/01/23/eps/1106465208_850215.html

Saura, G. (2017, 7 de agosto). La carta atómica que atormentó a Einstein. *La Vanguardia.* https://www.lavanguardia.com/internacional/2017 0807/43405662134/carta-atomica-einstein.html

Tomé López, C. (2018, 1 de mayo). Einstein... y la religión. *Experientia Docet.* https://edocet.naukas.com/2018/05/01/einstein-y-la-religion/

Waldrop, M. (2017, 3 de febrero). Inside Einstein's Love Affair with 'Lina' —His Cherished Violin [La historia de amor de Einstein con «Lina», su preciado violin]. *National Geographic.* https://www.nationalgeographic.com/news/2017/02/einstein-genius-violin-music-physics-science/

Waldrop, M. (2017, 19 de abril). Why the FBI Kept a 1400-Page File on Einstein [Por qué el FBI mantuvo un archivo de 1400 páginas sobre Einstein]. *National Geographic.* https://www.nationalgeographic.com/news/2017/04/science-march-einstein-fbi-genius-science/

What happened at Villa il Focardo. The Einstein Family Tragedy at Villa il Focardo, Rignano sull'Arno [¿Qué pasó en la Villa il Focardo? La tragedia de la familia Einstein en Villa il Focardo, Rignano sull'Arno]. (2015, 26 de junio). *From a Tuscan Hillside.* https://fromatuscanhillside.blogspot.com/2015/01/what-happened-at-villa-il-focardo.html

World War I [Primera Guerra Mundial]. (s.f.). *History.* https://www.history.com/topics/world-war-i

World War II [Segunda Guerra Mundial]. (s.f.). *History.* https://www.history.com/topics/world-war-ii

Sobre el autor

Alvaro Angée nació en Medellín (Colombia), el 1 de julio de 1956. Es el segundo de una prole unida, compuesta por doce hijos y una multitud de primos y amigos que parecían no abandonar nunca su casa. Desde su juventud tuvo una fuerte inclinación hacia la literatura: devoró algunos clásicos, así como las obras de Gabriel García Márquez, Mario Vargas Llosa y otros destacados escritores del boom latinoamericano de la década de los 60.

Durante su adolescencia en la ciudad de Bogotá solía escribir relatos cortos y poesía. Sin embargo, diferentes situaciones en su vida lo fueron alejando de este camino.

Emigró a los Estados Unidos en 1985. Allí formó rápidamente una familia y trabajó para el sistema de transporte urbano del condado Miami-Dade durante treinta años, hasta que se jubiló en 2018. A partir de allí, decidió retomar su viejo deseo de contar historias. Hoy presenta su libro *Memorias del planeta azul contadas desde la Luna*, con la esperanza de que los lectores la disfruten.

Made in USA - Kendallville, IN
1219498_9780578820989
01.12.2021 1310